토모바시 카메츠
ill. 노조미 츠바메
6
S랭크 모험가인
내 딸들은
심각한 파더콤
이었습니다

장녀 · 엘자
"제, 제가 소중히
아껴둔 딸기가……."

S랭크 모험가인
내 딸들은
심각한
6
파더콤이었습니다
토모바시 카메츠
ill. 노조미 츠바메

CONTENTS

Illustration

제1화

그리운 꿈을 꿨다.

우리 딸들이 고향 마을을 떠나 왕도로 가던 날의 광경이었다.

가슴속에 꿈을 품은 채 마차를 타고 여행을 떠나는 순간을 맞이한 소녀들——그들의 표정에는 불안과 긴장과 그 이상의 희망이 가득 차 있었다.

열네 살이었다.

마차 마부석의 장막을 걷고 이쪽을 향해 손을 흔드는 우리 딸들. 그런 그들을 떠나보내는 나의 심정.

그것은 마침내 육아가 일단락되어 안도하는 마음과, 딸들에게 친아버지가 아니란 사실을 고백하지 못했다는 죄책감이 뒤섞인 심정이었다.

그리고 그보다 더 큰 쓸쓸함을 느꼈다.

갓난아기 시절부터 계속 그들이 성장하는 모습을 지켜봤었다.

그러나 앞으로는 그럴 수 없다.

고향 마을에 남은 나는, 왕도에서 활약하는 그 아이들의 모습을 보지 못한다.

나는 딸들이 더 이상 보이지 않게 될 때까지 계속 그 모습을 바라보고 있었다. 앞으로 내가 지켜볼 수 없는 그들의 성장 과정까지 다 지켜보려는 것처럼.

눈을 떴을 때, 순간적으로 모든 것이 새하얘진 느낌이었다.
나는 도대체 어디에 있는 걸까. 나는 도대체 누구일까.
아무것도 알 수 없었다.
마치 공백의 존재가 된 것 같았다.
평형감각이 사라져 허공에서 부유하는 듯한 감각이 나를 감싸고 있었다.
술을 퍼마신 다음 날 아침의 숙취와도 같은 불쾌감.
시간이 지나자 점점 그 감각은 가라앉았다.
그러나 머릿속에는 여전히 약한 둔통이 남아 있었다.
숙취와도 비슷한 감각. 약간의 구토감이 느껴졌다. 확 토해내서 편해지고 싶었다.
나는 침대에서 몸을 일으켜 내 방의 문을 열고 세면실로 가려고 했다.
정신이 온통 그쪽에 쏠려 있었기 때문일까. 평소 같으면 당연히 눈치챘을 만한 위화감을 그때는 눈치채지 못했다.
세면실로 가려고 거실을 가로질렀을 때였다.
그곳에 있는 사람들과 눈이 마주쳤다.
안경을 쓰고 있는 좀 통통한 중년 남성과, 앞치마를 두르고 있는 중년 여성. 그리고 아직 열 살쯤 되어 보이는 어린 소년이었다.
그들은 모두 경악한 것처럼 눈을 부릅뜨고 있었다.
마치 불쑥 나타난 침입자를 보고 당황한 것 같았다.
그런데 그것은 나도 마찬가지였다.

——누구야? 이 사람들은? 왜 우리 집에 있지?
반사적으로 주위를 둘러봤더니 낯익은 우리 집 거실과는 뭔가 달랐다. 가구의 위치도, 융단의 위치도, 실내를 감싸고 있는 집의 냄새도.
그러니까——한마디로 말해.
이 집의 주인은 저 사람들이지, 내가 아니다.
그렇다면…….
나는 최악의 결론에 도달했다.
"미안해요! 집을 잘못 찾았어요!"
나는 그렇게 사과의 말을 남기고 도망치듯이 집에서 뛰쳐나왔다.
한동안 골목길을 따라 달리면서 인적 없는 뒷골목까지 갔다. 거기서 그들이 쫓아오지 않는 것을 확인하고 안도의 한숨을 쉬었다.
——아아, 살았다……. 아니, 어쩌면 그 후 신고를 당했을지도 모르지만. 기사단이 달려오면 그때는 제대로 사정을 설명해야겠다.
그나저나 도대체 왜 이런 일이 생긴 걸까?
나는 어젯밤 일을 떠올리려고 했다.
……아무것도 생각이 나지 않았다.
마치 기억이 파도에 휩쓸려 어디론가 가버린 것 같았다.
머릿속에 남아 있는 묵직한 아픔은 숙취에 시달릴 때와 비슷한 감각이었다. 어젯밤에 술을 너무 많이 마셔서 집을 잘못 찾아간 걸까?

아니, 그래도 기억이 날아갈 정도로 심하게 취하다니.

"나이도 먹을 만큼 먹었으면서. 한심하구나……."

그러다가 결국 그 집 사람들을 놀라게 해버렸고, 기사단의 일거리까지 늘려주는 꼴이 되었다고 생각하니 참으로 기막힌 일이었다. 엘자를 볼 낯도 없었다.

나는 진심으로 반성하면서 우리 집으로 돌아가려고 했다.

——어라?

그런데 기억을 더듬어 돌아온 곳은, 좀 전에 뛰쳐나온 그 집이었다.

——내가 있었던 곳은 남의 집이 아니었어. 우리 집이었어.

냉정하게 돌이켜보니 내부 인테리어가 다를 뿐이지 그 구조는 우리 집과 똑같았다.

그때 현관문이 열렸다. 아까 거실에서 딱 마주쳤던 중년 남성이 나타났다. 아마도 출근하려는 것이리라. 나는 무심코 그에게 말을 걸었다.

"저, 실례지만 뭐 좀 여쭤봐도 될까요?"

"당신은……."

경계심을 드러내는 중년 남성.

"이 집은 클라이드 일가가 소유한 집이 아닌가요?"

"대체 무슨 소리를 하는 거죠? 이 집은 옛날부터 쭉 우리 가족의 소유였는데…….”

중년 남성은 곤혹스러워하면서 말했다.

그리고 내 몸을 보더니 겁먹은 것처럼 말을 이었다.

“아니, 그보다 빨리 병원에 가는 게 낫지 않아요?”

“네?”

“꽤 많이 다치신 것 같은데…….”

그의 시선을 따라가다가 나는 눈치챘다.

옷을 입었는데도 눈에 띌 정도로 내 복부에서는 피가 나고 있었다.

그 후 그 남자는 나하고는 얽히고 싶지 않다는 듯이 서둘러 출근했다. 그나마 그가 기사단에 신고하지 않은 것이 다행이었다.

하룻밤 만에 집이 사라져 버렸다.

우리 집은 소유자가 달라져 있었다.

그리고 나는 복부에서 피가 나고 있었다. 상처를 확인해봤더니 마치 뭔가로 도려낸 듯한 상처였다.

시간을 들여 치유 마법으로 치유했지만, 상처가 완전히 낫진 않았다. 완치되려면 좀 더 시간이 필요할 것 같았다.

도대체 뭐가 어떻게 된 걸까?

그리고 엘자와 안나와 메릴은 어디로 간 걸까?

집 안에는 없는 것 같았는데…… 무사한 걸까?

그때 문득 눈앞을 지나가는 도시 주민의 모습이 보였다. 나는 반사적으로 말을 걸었다.

"라이든 씨!"

그 남자——라이든 씨는 이웃집 사람이었다. 탄광에서 일하는 풍채 좋은 중년 남성. 우리 가족과도 알고 지내는 사이였다.

다행이다. 아는 사람이 있었다. 나는 내심 안도하면서 물어봤다.

"혹시 우리 딸들을 못 보셨어요?"

"딸들?"

"네, 엘자와 안나와 메릴 말입니다."

"당신, 딸이 있어? 무려 세 명이나."

"저, 무슨 말씀이세요? 라이든 씨. 당신도 우리 딸들을 아시잖아요."

"……아니, 모르는데."

라이든 씨는 의심하는 듯한 표정을 짓고 있었다.

그 반응을 본 나는 불안해져서 좀 강하게 말해봤다.

"엘자는 기사단장이고, 안나는 모험가 길드의 길드 마스터. 메릴은 현자——왕도에 사는 사람들은 거의 다 알잖아요?"

"……아까부터 계속 무슨 말을 하는 거야?"

라이든 씨는 기막혀하는 얼굴로 나를 봤다. 그리고 알려주듯이 말을 이었다.

"기사단장의 이름도, 길드 마스터의 이름도 그게 아니야. 애초에 남자인걸. 현자란 것도 들어본 적이 없고."

"네?"

처음에는 농담인 줄 알았다.

그러나 거짓말을 하는 표정은 아니었다.

애당초 그는 그런 짓을 할 사람이 아니었다.

너무 고지식해서 농담 하나 안 하는 사람이었다.

라이든 씨는 얼빠진 내 모습을 보더니 무슨 오해를 했는지, 두툼한 손바닥으로 내 어깨를 다정하게 두드렸다.

"혹시 약이라도 먹었나? 잘은 몰라도, 그런 건 관두는 게 나아. 탄광에서 일하는 녀석 중에도 그런 놈이 있는데. 그러다가 신세 망치는 거야."

그는 좀 기막혀하면서도 그렇게 타이르더니 내 앞에서 사라졌다.

기사단장은 엘자가 아니고, 길드 마스터도 안나가 아니다. 그리고 현자라고 불릴 만한 마법사도 없다고 한다.

우리 딸들은 연기처럼 사라진 것이다.

마치 처음부터 존재하지 않았던 것처럼.

더구나 라이든 씨의 태도도 이상했다.

그는 나를 모르는 것 같았다.

아무튼 우선은 현재 상황을 파악해야 한다.

나는 다른 사람들한테 의지하기로 했다.

레지나와 에트라가 묵고 있는 숙소로 찾아갔다. 그런데 그들도 우리 딸들과 마찬가지였다. 그런 손님은 묵고 있지 않다는 것이다.

숙소를 떠나 한동안 쭉 걷다가 어느새 귀족가 근처까지 왔다. 귀족가와 일반 주택가를 분리하는 문 앞에는 기사들 두 명이 서 있었다.

나는 기사단의 교관으로 근무하고 있었다. 고로 기사들의 얼굴과 이름은 전부 다 내 머릿속에 들어 있었다. 그런데 이 남자들은 본 적이 없었다.

"저기, 실례지만. 엘자가 어디 있는지 아는가?"

"엘자아?"

"기사단장 말이야. 자네들도 알지 않아?"

내가 그렇게 말하자, 기사들은 서로 얼굴을 쳐다보더니 동시에 웃음을 터뜨렸다.

"아니? 모르겠는데."

"대체 누구야? 그 녀석."

그들은 히죽히죽 웃었다. 아무리 봐도 나를 비웃는 듯한 태도였다.

얕보는 것이다.

내가 아는 기사단 사람들과는 사뭇 다른 이미지였다.

뭐랄까, 오만하다고나 할까…… 그들이 이런 사람들이었나? 하지만 지금은 그게 중요한 게 아니었다.

"그런가. 응, 고마워."

얼른 대화를 끝내고 이번에는 모험가 길드에 찾아가기로 했다.

건물 자체는 내가 아는 건물과 같았다.

그런데 여기서도 사정은 마찬가지였다. 여자 접수원들이 평소와는 달랐다.

안나는 물론이고 모니카나 도로테아의 모습도 눈에 띄지 않았다.

나는 아무 접수원이나 붙잡고 안나에 관해 물어봤다.

"저기, 안나는 여기서 일하고 있어?"

"네? 당신 혹시 모험가예요?"

"응? 어, 그런데."

그러자 접수원은 잠시 머뭇거리는 것처럼 허공을 보고 눈을 이리저리 굴리더니.

"글쎄요? 모르겠는데요."

여기도 마찬가지였다.

마치 얼룩이 번지는 것처럼 절망감이 내 가슴속에 퍼져 나갔다.

"아무튼 마침 의뢰하고 싶은 일거리가 있는데요. 혹시 지금 한가하면 받아주실 수——아, 저기요!"

나는 접수원을 내버려 두고 모험가 길드에서 나왔다. 그리고 한 가닥 희망을 걸고 마법 학교에 가보기로 했다.

그러나 학교 안에는 들어갈 수 없었다.

결계가 펼쳐져 있었기 때문이다.

마법 학교는 외부에서 오는 침입자를 막기 위해 학교 부지 전체에 결계를 쳐놓고 있었다.

교사와 학생은 학교 측의 인증을 받았으므로 거부당하지 않는다.

맨 처음에 내가 메릴의 부모로서 마법 학교에 불려갔을 때는 이레네가 동행했기 때문에 결계 안에 들어갈 수 있었다.

지금 내가 학교 안에 들어가려고 하다가 거부당했다는 것은, 학교 측이 나를 외부인으로 인식하고 있다는 뜻이다.

학생들도 강사인 내 모습을 보고도 전혀 아는 척을 안 했다. 아니, 오히려 교문 앞에 서 있는 나를 수상하다는 듯이 쳐다보고 있었다.

뭘 좀 물어보려고 했는데, 그 전에 그들이 도망쳐버렸다.

"……완전히 수상한 사람으로 여겨지고 있군."

억지로 결계를 뚫고 들어가는 것은 가능하다.

가능하지만――그런 짓을 했다간 더 이상 변명도 못 하게 될 것이다.

게다가 좀 전까지 사람들이 보여준 반응을 생각하면, 아마 내가 원하는 수확은 얻지 못할 것이다.

억지로 쳐들어갔을 때의 위험성이 너무 컸다.

결국 나는 마법 학교를 떠났다. 더는 갈 곳이 없어서 광장의 분수 앞 벤치에 앉았다.

어린이들이 신나게 공놀이를 즐기는 소리가 울려 퍼지고 있었다.

애견을 데리고 산책하는 부인, 벤치에 앉아 신문을 펼쳐 들고 있는 노인. 나는 그 모습을 흘긋 보다가, 이 푸른 하늘에 어울리지 않게 한숨을 쉬었다.

여기가 정말로 왕도일까?

마치 다른 세계에 흘러 들어온 것 같은 느낌이었다.

집을 잃었고, 딸들의 소식도 알 수 없었다. 의지할 만한 동료들도 없었다.

지금까지 손에 넣었던 인연들이 전부 다 손안에서 어디론가 흘러나갔다. 짙은 안개 속에 우두커니 서 있는 기분이었다.

아니, 애초에. 어쩌면 모든 것이 환상이었을지도 모른다. 그런 최악의 망상이 떠오르기 시작했다.

처음부터 나는 딸이 없었고, 과거의 동료들과도 재회하지 못했다. 왕도에 오고 나서 사귄 친구들도 모두 망상의 산물이었다.

그날 에인션트 드래곤한테 습격당한 마을을 지키지 못했던 나는 지독하게 절망했고, 그 결과 내 마음에 드는 망상의 세계를 만들어 거기로 도망친 것이다.

그러다가 마침내 길고 긴 꿈에서 깨어난 게 아닐까——.

그렇게 밑도 끝도 없는 생각이 나를 사로잡으려고 했을 때.

"저…… 괜찮으세요?"

누가 갑자기 말을 걸었다.

"아까부터 계속 고개를 숙이고 계시는데요. 혹시 몸이 안 좋으신가 하고……. 의사 선생님을 불러올까요?"

고개 숙인 나의 눈앞에는 쇠 구두가 있었다.

그것은 기사들이 신는 신발이었다.

순찰하는 도중에 내 모습을 발견하고 걱정돼서 말을 걸어준 것이리라. 아니, 어쩌면 수상한 사람이라고 판단했을 가능성도 있지만…….

그런데 이 목소리. 어디서 들어본 것 같은데…….

"아, 미안. 그냥 생각을 좀 하고 있었어."

나는 고개를 들었다가 깜짝 놀랐다.

눈앞에는 갑옷을 입은 기사가 서 있었다.

허리까지 닿을 정도로 긴 은백색 머리카락.

늠름한 외모. 강한 의지와 다정함이 깃들어 있는 눈동자.

늘씬하게 뻗은 팔다리.

눈이 마주친 순간 그 여성도, 그리고 나도 둘 다 경악하여 눈을 크게 떴다.

"——엘자?"

"아, 아버님?!"

그곳에 있는 사람은——내가 계속 찾아다녔던 첫째 딸이었다.

하지만.

그 얼굴은 내가 기억하는 열여덟 살의 엘자와는 달랐다.

어렸다.

마치 그날, 왕도로 떠나던 그때로 돌아간 것 같았다.

우리는 광장을 떠나 이동해서 그 근처의 카페에 들어갔다.

우리의 대화가 다른 손님들에게 들리지 않도록 일부러 안쪽 자리에 가서 앉았다. 아직 아침인데도 카페 안은 붐비고 있었다.
"엘자, 계절 한정 메뉴가 있는 것 같아."
나는 카페의 메뉴판을 펼치면서 말했다.
"제철 과일 듬뿍 파르페라고 하는데. 먹을래?"
"아, 아뇨. 저는 사양하겠습니다. 달콤한 디저트는 연약한 것. 그런 것은 기사인 저에게는 어울리지 않으니까요……."
엘자는 그렇게 말하면서도, 다른 손님에게 나오는 제철 과일 듬뿍 파르페를 힐끔힐끔 몇 번이나 훔쳐보고 있었다.
실은 먹고 싶어서 참을 수 없는 것이리라.
"그렇구나. 나는 먹어 보고 싶은데. 아무래도 이건 양이 너무 많아 보여. 일단 주문할 테니까, 네가 반만 먹어주지 않을래?"
"그, 그래요? 그런 거면 좋아요."
파르페를 먹을 구실을 제공한 후 직원을 불러 파르페를 주문했다. 그리고 직원이 떠난 것을 확인한 뒤 엘자를 다시 돌아봤다.
"자, 아까 하던 이야기를 계속하자. 그게…… 진짜야? 엘자, 네가 지금 열다섯 살이라는 게."
"네. 저희가 왕도에 온 지 딱 1년이 되었습니다."
내 기억 속에 있는 엘자의 모습보다 더 어려 보였던 이유는, 정말로 어리기 때문이었다.
이곳은 우리 딸들이 왕도에 온 지 1년 후의 세계라고 한다.
엘자는 아직 기사단장이 되지 못했고, 안나도 길드 마스터가 아니었다. 메릴도 현자라고 칭송받을 만한 마법사로서 이름을 알리진 않았다.

그래서 기사들이 그런 반응을 보였던 거구나.

내가 아직 신입에 불과한 엘자를 기사단장이라고 불렀으니, "기사단장 엘자? 우리는 그런 거 몰라!"란 태도였던 것이다.

그건 그렇다 치고.

"설마 과거로 돌아왔을 줄이야…… 믿기지 않아."

나는 3년 전의 과거로 날아온 것이었다.

아직은 우리 집도 소유하지 못했고, 레지나나 에트라도 왕도에 오지 않았다.

원래 나와 아는 사이였던 사람들이 나를 모르는 것도 이해가 갔다. 애초에 여기선 아직 만나지 않았기 때문이다.

그런데 어째서 과거로 온 걸까? 현대로 돌아갈 수는 있을까?

"저도 믿어지지 않아요. 아버님이 미래에서 오시다니……."

"응? 왜? 왜 그렇게 나를 뚫어지게 보는 거니?"

"아, 아니, 그게요. 아버님은 나이가 드셔도 변하질 않으시는 것 같아서요."

그러면서 엘자는 눈동자를 이리저리 굴렸다.

뺨이 살짝 붉어진 것처럼 보이는데. 기분 탓인가?

"오래 기다리셨습니다. 제철 과일 듬뿍 파르페입니다♪"

직원이 파르페를 가져왔다. 우리는 같이 먹기 시작했다.

나는 내 몫을 조금만 덜어내고 나머지는 그릇까지 통째로 엘자에게 줬다. 엘자의 눈앞에는 알록달록한 과일이 들어간 파르페가

자리 잡고 있었다.

"아버님, 그렇게 조금만 드셔도 돼요?"

"응, 조금만 먹어도 충분해. 엘자, 나머지는 네가 먹어줘."

"그, 그런가요. 그렇게 말씀하신다면 감사히…… 잘 먹겠습니다!"

엘자는 스푼으로 생크림과 과일을 뜨더니, 지복의 순간을 맞이하는 것처럼 자기 입으로 가져갔다.

"으응~! 너무 맛있어요……!"

단것을 입에 넣은 엘자는 뺨을 손으로 감싸고 황홀한 표정을 지었다. 보는 사람이 다 행복해지는 표정이었다.

"기사단 식당에서 나오는 식사는 기본적으로 다 소박하거든요. 그래서 오랜만에 먹는 단맛이 온몸에 쫙 퍼지는 느낌이에요……!"

그래, 그건 확실히 맛있게 느껴질 것이다.

엘자는 행복해하면서 산더미 같은 파르페를 냠냠 먹어 치웠다.

"으응……. 어느새 한 입밖에 안 남았네요……. 하지만 아직은 마지막 즐거움인 딸기가 남아 있으니까요."

좋아하는 것은 마지막까지 남겨 두는 타입이었다.

엘자는 아쉬워하면서도 자신이 정말 좋아하는 생크림 묻은 딸기를 스푼 위에 올려놓더니, 그걸 입으로 가져갔는데——그 순간.

덥석! 하고.

갑자기 옆에서 튀어나온 작은 입이 딸기와 스푼을 한꺼번에 삼켜버렸다.

"아아아앗——?!"

"음—♪ 맛있어~♪"
"메릴?! 네가 왜 여기 있는 거야?!"
불쑥 끼어들어 엘자의 딸기를 가로챈 인물.
그것은 셋째 딸 메릴이었다.
"아빠의 기척이 느껴졌거든. 그래서 얼른 날아왔지~."
메릴은 입가에 묻은 생크림을 혀로 핥아 먹더니, 입술에 손가락을 대고 귀엽게 고개를 까딱 기울였다.
"그런데 어떻게 아빠가 여기 있는 거야? 어제는 고향 마을에 있었잖아? 혹시 내가 보고 싶어서 온 거야~?"
"…………."
엘자는 마지막 즐거움으로 남겨뒀던 딸기를 빼앗기자 놀라서 입을 떡 벌리고 멍하니 있었다.
"제, 제가 소중히 아껴둔 딸기가……."
"아주 달고 맛있었어♪"
"맛에 대한 감상은 필요 없어요! 돌려주세요!"
"끄어억. 너무 흔들지 마아! 소, 속이 울렁거리잖아……! 이러다 고체가 아니라 액체로 돌려주게 될 것 같아……!"
엘자는 메릴의 멱살을 잡고 격하게 앞뒤로 흔들어 대고 있었다.
"어휴, 그만해. 다음에 또 데려와줄게."
나는 두 사람을 중재하면서 엘자를 달랬다.
"아, 아버님이 그렇게 말씀하신다면……."
엘자의 기분이 나아진 것을 확인한 나는 메릴에게 질문을 던졌다.

"아니, 그보다 아까 그 이야기 말인데. 메릴, 고향에 있는 나를 만나러 갔었니?"

"응~. 나는 일주일에 한 번은 아빠를 만나야지, 안 그러면 아빠 성분이 결여돼서 아무것도 못 하게 되어버리니까~."

그러더니 메릴은 말을 이었다.

"그래서 어제까지는 아빠를 만나러 갔다가 오늘 여기로 돌아온 거야. 그랬더니 세상에! 왕도에서도 아빠의 기척이 느껴지지 뭐야!"

아마 이 세계에도 나는 멀쩡히 존재하는 모양이다.

실제 역사와 마찬가지로 고향 마을에서 살고 있는 것이리라.

그것참 잘됐다. 우리가 딱 마주치진 않겠구나.

내가 과거의 나와 접촉하는 일은 피하고 싶었다. 무슨 일이 일어날지 모르니까.

"나는 나야. 하지만 어제 메릴이 만났던 나와는 달라."

"으응? 그게 무슨 소리야?"

"실은 3년 후의 세계에서 왔거든."

"그러면 아빠가 두 명이 됐다는 거야?!"

메릴은 깜짝 놀랐다.

"와, 그럼 내 행복도 두 배가 된 거잖아!"

그게 그렇게 되나?

"저기, 있잖아. 3년 후에 나와 아빠는 어떻게 돼? 이미 결혼했어?

혹시 자식도 낳진 않았어?"

"메릴, 그런 것은 물어보지 않는 게……."

"그래, 엘자의 말이 맞아. 미래의 정보를 알게 되면 뒤틀림이 발생할 가능성이 있거든. 그러니까 아무것도 말해줄 수 없어."

"칫. 뭐야, 쩨쩨하게~."

입술을 삐죽 내미는 메릴에게.

"그래도 한 가지는 말해줄 수 있어."

나는 그렇게 알려줬다.

"지금도 그렇지만 앞으로도 나는 항상 우리 딸들을 사랑해."

"우와, 멋있어~!"

메릴은 소리 높여 환호성을 질렀다. 그리고 내 품에 와락 안겼다.

"지금의 아빠도 사랑하고, 미래의 아빠도 사랑해~♪ 우린 서로 사랑하는 사이구나♪"

"그러네."

"메릴, 가게 안에서 너무 시끄럽게 굴면 안 돼요."

"아니, 하지만 기쁜 걸 어떡해~?"

메릴은 반성하는 기색도 없었다.

"나는 어리광 부릴 때에는 최선을 다해 어리광 부리는 타입이야☆"

"……끄으응. 부러워요……."

"아무튼 기쁘다. 아빠가 왕도에 있으면 매일 만날 수 있잖아?

하루 24시간 내내 나랑 같이 있자♪"
"어휴, 야. 아빠를 괴롭히지 마."
"끄혁."
그때 누군가가 메릴의 머리를 손날로 경쾌하게 탁! 때렸다. 누군가 하고 보니, 모험가 길드 제복을 입고 머리를 양 갈래로 늘어뜨린 소녀가 기막혀하는 표정으로 서 있었다.
똑똑해 보이는 외모가 인상적인 이 소녀는――.
"안나!"
"오랜만이야, 아빠."
"안나, 당신이 어떻게 여길 알고 온 거죠?"
"메릴이 통신 마법으로 연락해줬어. 아빠가 왕도에 와 있다고. 그래서 일하다가 점심시간을 이용해 빠져나온 거야."
아직 얼굴에 애티가 남아 있는 안나는 나에게 질문을 했다.
"그런데 아빠, 왕도에는 왜 왔어?"
"그게, 실은……."
나는 지금까지의 경위를 설명하기로 했다.
"――그렇구나. 아빠는 3년 후의 미래에서 왔다는 거지?"
"응, 믿기 어려울지도 모르지만."
"아냐, 믿어. 아빠가 하는 말인걸. 설령 내일 세계가 멸망한다고 해도, 난 거짓말이라고 생각하진 않을 거야."
안나는 쉽게 받아들였다.
그 모습을 본 메릴과 엘자는 자기들끼리 속닥거렸다.

"안나는 쓸데없이 머리만 좋고 평소에는 죽어라 이치를 따지는 주제에, 아빠의 말은 예외적으로 의심도 안 하고 금방 믿는다니까."

"안나는 누구보다도 아버님을 경모하고 있으니까요."

"흥, 뭐야. 남한테 뭐라고 할 자격이 없을 만큼 심각한 파더콤이잖아?"

"저기, 너희들. 방금 무슨 말 했어?"

""아뇨, 아닙니다!""

안나는 나머지 두 사람을 시선으로 견제하더니 다시 본론으로 넘어갔다.

"그런데 어쩌다 과거로 온 거야? 짚이는 것은 없어?"

"글쎄, 그게 전혀 기억이 안 나. 마치 술을 퍼마신 다음 날처럼 기억이 날아가 버렸어."

"그렇구나. 흠, 사실 그 경위는 끝내 기억이 나지 않아도 문제는 없을 거야. 중요한 것은 원래 있던 시대로 돌아가는 거니까."

"응, 그렇지."

"메릴. 마법으로 아빠를 미래로 보낼 수는 없어?"

"나는 천재 마법사지만, 그래도 그건 좀 어려울 거야."

메릴은 입에 문 빨대를 가볍게 위아래로 흔들면서 그렇게 말했다.

"시간을 뛰어넘는 마법은 기존의 마법 체계와는 완전히 다를 테고, 마법 술식(術式)을 어떻게 구성하면 좋을지 전혀 모르겠는걸~."

"그래? 너처럼 대단한 마법사도?"

“응, 나처럼 대단한 마법사도.”

그러더니 메릴은 말을 이었다.

“연구하다 보면 언젠가는 알게 될지도 모르지만. 그 전에 틀림없이 아빠가 왔다는 그 3년 후의 미래에 도달해버릴 거야.”

“그러면 그 방법은 쓰기 어렵겠네.”

“애초에 기를 쓰고 아빠를 현대로 돌려보낼 필요도 없지 않아? 오히려 왕도에 있으면 언제든지 만날 수 있으니까, 우리도 기쁘잖아, 안 그래?”

“하지만 그 대신 미래의 메릴은 아빠가 사라져서 괴로워할 텐데?”

“아, 그렇구나!”

메릴도 거기까지 생각이 미친 듯했다. 그래서 의견을 바꿀 줄 알았는데——.

“하지만 나는 좋아하는 것은 맨 먼저 먹는 타입이거든~. 지금 이 순간이 즐겁다면 뒷일은 전혀 생각할 것도 없어♪”

“나 참, 그렇게 자랑스럽게 할 말은 아니잖아?”

안나는 어이없어하는 얼굴로 어깨를 으쓱했다.

“현재로선 아빠가 원래 있던 세계로 돌아가기 위해 생각해 볼 수 있는 방법은 두 가지야. 우선은 과거로 날아오게 된 원인을 규명해 그것을 이용한다. 혹은…… 이를테면 시간을 뛰어넘는 마법처럼, 그 원인 이외의 시간 도약 방법을 찾아내서 강제적으로 돌아간다.”

확실히 그것이 타당한 생각일 것이다.

"일단 후자에 관해서는 나도 한번 조사해볼게."

"응, 미안하지만 부탁한다. 고마워."

나 혼자서는 조사할 수 있는 범위가 한정되어 있었다.

가능한 한 과거에는 간섭하고 싶지 않은데, 그러려면 아무래도 과감한 행동은 할 수 없었다. 그러니 도와줄 사람이 있는 것이 좋았다.

"아빠는 앞으로 어떻게 할 거야?"

"돌아갈 방법을 찾기 위해서라도 왕도에 머물려고 해."

"와, 잘됐다~♪"

메릴은 만세! 하고 양팔을 번쩍 들면서 기쁨을 표현했다.

"있잖아, 아빠. 우리 집에 와. 응? 우리 둘만의 사랑의 보금자리로 만들자♪"

"넌 지금 어디에 사는데?"

"마법 학교 기숙사. 특별 장학생이라서 집세나 그 외의 온갖 비용은 전부 다 무료야! 밥도 식당에 가면 알아서 나오니까 무일푼이어도 문제가 없어!"

그러더니 메릴은 이어서.

"뭐, 그래도 아빠가 해주는 요리보다는 맛없지만."

강력한 파더 콤플렉스 같은 대사를 덧붙이는 것이었다.

하지만 그게 또 싫지는 않았다. 나도 참 어지간하구나.

"그러면 그쪽에는 신세를 못 지겠네."

"왜?"

"기숙사에는 학생들이 많이 살고 있잖아? 그런 곳에서 내가 같이 살면 굉장히 튈 거야."

"애초에 마법 학교 기숙사에는 혼자밖에 못 살아."

안나가 보충 설명을 하듯이 그렇게 말했다.

하기야 학생 기숙사니까. 그게 당연한가.

"엘자, 너도 비슷한 환경이지?"

"네. 제가 사는 기사단의 기숙사도 한 사람만 들어갈 수 있습니다."

"그럼 안 되겠네."

"저기, 그러면. 우리 집에서 살래?"

안나는 앞머리를 손가락으로 빙글빙글 돌리면서 수줍은 듯이 말했다.

"뭐?"

"나는 모험가 길드 옆에 있는 공동 주택에 살고 있는데. 거기서는 누가 같이 살아도 되고. 입지적으로도 편리하니까 좋을 거야."

크흠 하고 헛기침을 하더니 말을 이었다.

"지금까진 집에 아무도 들여보낸 적이 없지만, 아빠는 괜찮아. 전혀 문제없어."

"안나, 치사해! 우리를 따돌리고 혼자만 이득을 보려고?!"

"기회는 이때다 하고 적극적으로 어필하고 있네요! 방금 저에게 했던 질문은, 이런 제안을 하기 위한 사전 준비였던 거죠……?!"

"후후. 이게 바로 나와 너희의 대우 차이야."

원망스럽게 쳐다보는 메릴과 엘자를 향해 의기양양한 표정을 짓는 안나.

그러나――.

"아니, 그 제안은 고맙지만 사양할게."

나는 부드럽게 거절했다.

"……왜?"

"자식들한테 신세를 질 수는 없으니까. 그리고 애초에 할 리도 없었던 동거생활을 했다가는, 미래에 뭔가 영향을 줄지도 몰라."

"그건…… 응, 확실히 그럴 위험성은 있을지도 모르겠네."

"그러니까 나는 적당한 숙소를 찾아서 거기 묵을게."

"그래……? 하지만 계속 숙소에서 살려면 돈이 많이 들 텐데. 아빠, 가진 돈은? 괜찮아?"

"걱정하지 마. 돈은 있어."

실제로는 그렇지 않았다.

하지만 딸들한테 괜한 걱정을 끼칠 수는 없었다.

뭐, 내 한 몸 건사하는 것쯤은 어떻게든 되겠지.

그리하여 과거의 왕도에서의 생활이 시작됐다.

우리 딸들은 각자 자기 직장으로 돌아갔다.

엘자는 기사단으로, 안나는 모험가 길드로, 메릴은 마법 학교로.

그들에게는 그들의 삶이 있으니까.

그리고 나는 왕도에서 정처 없이 돌아다니기 시작했다.

아까는 어떻게든 될 거라고 말했지만——현실은 그리 만만하지 않았다.

애초에 가진 돈이 한 푼도 없었다.

현대에서는 웬만큼 돈을 가지고 있었는데, 과거로 날아온 나는 완전히 무일푼 상태가 되어 있었다.

그럼 뭐라도 일을 해서 일당을 받으면 되겠지.

현대에서는 나는 다양한 일을 한꺼번에 해내고 있었다.

기사단 교관, 모험가, 마법 학교 강사, 공주님의 가정교사——하지만 그 모든 것은 딸들의 연줄을 통해 얻은 직업이었다.

현시점에서는 그런 일을 할 수 없다.

아니, 유일한 예외는 있었다. 모험가만은 현시점에서도 자격을 가지고 있었다. 하지만 카이젤로서 활동한 이력을 남기면 미래에 뭔가 영향을 줄지도 모른다.

그런 일은 삼가는 편이 무난할 것이다.

한데 다른 일거리를 찾아보려고 해도, 주거지도 불분명하고 덤으로 정체도 밝힐 수 없는 상황이다 보니 어딘가에 취직하기는 몹시 어려울 것 같았다.

"으음. 이러다간 노숙하게 될 판인데……."

그래도 딸들에게 의지할 수는 없었다.

미래에 영향을 준다든가 하는 문제가 아니라.

단순히 부모의 자존심 때문이었다.

——일용직 육체노동이라면 굳이 정체를 밝히지 않아도 일거

리를 얻을 수 있을까? 일단 탄광 일에라도 지원해볼까…….

내가 그런 생각을 하면서 걷고 있을 때였다.

"히야아아아아앗?!"

내 의식을 다시 현실로 잡아끄는 것처럼, 등 뒤에서 가냘픈 비명 소리가 들려왔다.

나는 반사적으로 뒤를 돌아봤다. 그러자 눈앞에 색깔이 날아들어왔다.

빨간색, 노란색, 분홍색.

알록달록한 과일들이 힘차게 언덕길을 굴러 내려오고 있었다.

언덕 위에서는 털썩 쓰러진 여자의 모습이 보였다. 그 사람은 "으아아……!" 하고 당황하면서, 굴러떨어지는 과일들을 향해 손바닥을 쭉 내밀고 있었다.

나는 이쪽으로 굴러오는 과일들 앞을 가로막았다. 더 이상 뒤로 굴러가지 않도록 과일들을 줄줄이 막아냈다.

때로는 팔을 뻗어 막기도 하고, 때로는 발을 뻗어 막기도 했다. 개중에는 지면의 움푹한 부분에 부딪쳐서 높이 튀어 오른 과일도 있었는데, 그것도 즉시 반응해서 받았다.

내 입으로 말하긴 뭐하지만, 이 정도면 훌륭한 골키퍼였다.

모든 과일을 완벽하게 막아낸 후. 내가 휴 하고 한숨 돌리고 있는데, 언덕 위에 쓰러져 있던 여자가 허둥지둥 이쪽으로 뛰어왔다.

"가가가, 감사합니다!"

꾸벅꾸벅 지나칠 정도로 고개를 숙이는 그 여자.

두꺼운 카디건을 입고 있는 얌전한 분위기의 여성이었다.

까마귀 깃털처럼 까맣고 긴 머리카락이 오른쪽 눈을 덮어 가리고 있었다. 그리고 자기주장이 강한 머리카락 한 가닥만 뿅 하고 튀어나와 있었다.

"이번에는 제가 부주의해서 당신에게 큰 폐를 끼쳤습니다……! 대체 어떻게 감사를 드리면 좋을지……!"

진심으로 미안한가 보다. 몸을 확 움츠려서 실제 키보다 더 작아 보였다.

"아뇨, 신경 쓰지 마세요."

내가 웃으면서 그렇게 말하자, 그 검은 머리 여성은 깜짝 놀란 표정을 짓더니 조심스럽게 나에게 질문을 던졌다.

"저, 저기요! 당신은 혹시, 고명한 성직자이신가요……?"

"네? 그게 무슨 말씀이죠?"

"저 같은 녀석한테도 친절하게 대해주시는 자비심이 있는 분이시니까……. 그래서 고명한 성직자이신 줄 알고……."

"아뇨. 그런 것은 아닙니다."

"그, 그래요? 그러면 왜……?"

새까만 머리카락의 여성은 한동안 계속 꼬물거리면서 생각에 잠긴 것 같더니.

"——앗?!"

갑자기 뭔가 깨달음을 얻은 것처럼 눈을 크게 떴다.

"서서서, 설마, 저를 좋아하셔서 그런——건가요?!"

"네?"

"죄죄죄, 죄송해요! 하기야 그럴 리가 없죠! 제가 건방진 착각을 했네요! 네, 지금 당장 머리를 쪼개서 그 기억을 없애버리겠습니다!"

"지, 진정하세요."

나는 당장 발치에 있는 벽돌을 주워 들려고 하는 여자를 말렸다.

뭔가 시끌벅적하고 재미있는 사람이구나.

하지만 이대로 놔두면 또 폭주하기 시작할지도 모른다. 그래서 나는 화제를 바꾸기로 했다.

"그나저나 과일을 꽤 많이 사셨네요?"

내가 주워준 과일의 양은 엄청났다.

큼직한 자루에서 툭 튀어나올 정도였다.

"이, 이건 말이죠. 실은 딱 하나만 사려고 했는데요. 직원분이 이것저것 자꾸 권하니까 거절할 수 없어서……."

새까만 머리카락의 여성은 양손 손가락을 맞붙이고 톡톡 두드리면서 말했다.

"정신을 차려 보니, 어느새 잔뜩 사버렸어요……."

아무래도 거절 못 하는 성격이라서 강매를 당해버린 것 같았다.

"그래서 이제는 빈털터리가 되었어요…… 으히히."

"그것참, 운이 없으셨네요."

"아, 아뇨! 이건 자업자득이라고나 할까요! 거절하지 못했던 제가 잘못한 거예요! 받아야 할 벌을 받았을 뿐이죠!"

새까만 머리카락의 여성은 양손을 파닥파닥 움직이면서 변명하더니, 다시금 나를 향해 깊숙이 고개를 숙였다.

"아무튼 당신의 시간을 빼앗아서 죄송합니다."

"아, 신경 쓰지 마세요. 지금은 일거리를 찾는 중이라 엄청나게 한가하거든요."

"직업이…… 없으세요?"

"네, 심지어 집도 없습니다. 부끄럽지만요."

새까만 머리카락의 여성은 내 말을 듣더니 얼굴을 확 붉혔다.

"왜, 왠지 좀, 친근감이…… 에헤헤."

묘하게 기뻐 보이는 것은 기분 탓일까?

"네, 그러면 이만 가볼게요."

"자, 잠깐만요!"

까만 머리 여성은 나를 불러 세웠다.

"그, 그러면, 우리 집에서 재워드릴까요?!"

"네?"

"아, 아니, 이건 말이죠. 대담하게 유혹하는 게 아니고요! 애초에 저는 매력이 없다는 것을 잘 알고 있으니까요……!"

야단스럽게 손짓과 발짓을 하면서 변명하더니.

"시, 실은 제가, 여관을 경영하고 있거든요……!"

"아, 그런가요."

자신이 경영하는 여관에 묵지 않겠느냐는 이야기인가 보다.

그런데 왠지 좀 의외였다.

이 여자의 성격과 여관 경영자의 이미지에서 괴리감을 느꼈기 때문이다.

"제안은 감사합니다만, 지금은 가진 돈이 없어서요."

"괘, 괜찮아요! 당신에게 도움을 받았는데 아직 사례도 못 했잖아요……! 부디 은혜를 갚을 기회를 주세요!"

까만 머리 여성은 그렇게 적극적으로 달려들면서 말했다.

그 압력이 굉장했다.

감정의 기복이 심한 것 같았다.

"그, 그럼, 딱 하룻밤만 신세를 질까요……?"

"네, 그, 그러세요!"

이리하여 나는 내가 도와준 여성이 경영하는 여관에 신세를 지게 되었다.

까만 머리 여성——그 사람은 리즈베스라고 이름을 밝혔다.

나이는 20대 후반.

원래 다른 도시에서 살았는데 최근에 이 왕도로 이사를 왔다고 한다. 그리고 여관 경영을 시작했다고 한다.

그 여관은 왕도의 어느 조용한 골목길에 있었다.

4층짜리 벽돌집.

1층은 접수처와 식당 겸 거실로 되어 있었고, 2층부터는 객실로 사용되고 있었다. 나는 2층에 있는 빈방에 묵기로 했다.

방 안에는 침대, 화장대, 탁자와 의자가 놓여 있었다. 깔끔한 방이었다.

방에서 잠시 쉬고 있는데 문을 조심스럽게 두드리는 소리가 났다. 문을 열어보니 리즈베스 씨가 모습을 드러냈다. 잘 깎은 과일들이 수북이 담긴 접시를 들고 있었다.

"저, 괜찮으시다면, 이거 드세요……."

"아까 들고 왔던 그 과일이네요?"

"앗. 혹시 제가 깎은 과일은 싫으세요……?! 그러면 아직 안 깎은 과일도 있으니까, 그걸 드시면……!"

"아뇨, 아닙니다. 전혀 아니에요. 잘 먹겠습니다."

나는 접시 위에 쌓여 있는 과일들을 봤다.

단순히 깎아서 썰어놓기만 한 것이 아니었다. 토끼 모양으로 깎아놓은 것도 있고, 꽃처럼 잘라놓은 것도 있었다.

"리즈베스 씨는 손재주가 좋으시네요."

"아, 아뇨, 전혀 안 그래요. 으헤헤……."

리즈베스 씨는 멋쩍은 미소를 지으면서 쑥스러워하는 것처럼 뒤통수를 긁적거렸다.

칭찬은 별로 들어본 적이 없는 걸지도 모른다.

그래도 툭 튀어나온 머리카락은 기분 좋게 통통 튀듯이 움직이고 있었다.

"저, 저 같은 사람을 칭찬해주시다니. 카이젤 씨는 정말 좋은 분이시네요……! 역시 저를 좋아하시는 게 아닌가요……?"

중얼중얼 무슨 말을 중얼거리고 있었다.

"이, 이거 말고도, 뭔가 드시고 싶은 게 있다면 말씀해주세요. 당장 사 올게요. 심부름이라면 저에게 맡겨주세요……!"

"여관에서 음식을 만드시는 게 아니라 밖에 가서 사 오시는 거군요?"

"아, 아니면, 욕실에서 등이라도 밀어드릴까요……?! 원하신다면 제 몸으로 직접 씻어드리는 것도 기꺼이 해드릴 수 있는데요……."

뭔가 터무니없는 제안까지 튀어나왔다!

"그렇게 이것저것 해주실 필요는 없어요, 전 괜찮습니다!"

나는 상대의 제안을 전부 다 고사했다.

"죄, 죄송합니다. 제가 또 혼자 흥분해서 신이 나버렸네요……. 열심히 시중을 들어야 한다는 생각이 들어서……."

리즈베스 씨는 기죽어서 반성하는 듯한 태도로 그렇게 말하더니, 그 직후에 저절로 내 귀를 의심할 만한 한마디를 꺼냈다.

"왜냐하면 당신은 기념비적인 첫 번째 손님이시니까요."

"네? 첫 번째요?"

"네, 네……."

나는 잠시 굳어 있었다. 그러다 상대에게 물어봤다.

"혹시 이 여관이 어제 문을 열었나요?"

"지, 지난달에 열었는데요."

"…………."

한 달 동안 손님이 한 명도 안 왔다는 건가?

내가 멍하니 있자, 리즈베스 씨는 그걸 보고 아차 싶었는지 허둥지둥 손짓 발짓을 하면서 변명하기 시작했다.

"아, 아니, 하지만! 사정이 있거든요?! 여관에 무슨 문제가 있는 게 아니고요. 손님은 실제로 몇 분인가 찾아와주셨는데, 제가 낯가림이 너무 심해서 접수처에 나가지 못하고 머뭇거리는 사이에 그분들이 인내심이 바닥나셨는지 그냥 나가버리셨던 거예요!"

"그게 더 심각한 문제인 것 같은데요……."

아무리 기다려도 접수처에 아무도 나타나지 않는다면, 모처럼 찾아온 손님도 포기하고 여관을 떠나는 게 당연할 것이다.

"어, 저기요. 그토록 낯가림이 심한데 왜 여관을……."

"저, 저는 옛날부터 쭉 소극적인 성격이었어요. 남들과 거리를 두고 언제나 집에 틀어박혀서 살고 있었죠……."

리즈베스 씨는 비굴하게 몸을 움츠리면서 양손 손가락 끝을 살살 맞댔다.

"하, 하지만, 계속 이렇게 살면 안 되겠다는 생각이 들어서요. 그런 나 자신을 바꿔보려고——좀 더 제대로 남들과 관계를 맺으면서 살아가기로 마음먹었던 거예요."

"그래서 덜컥 여관부터 개업했다고요?"

나는 너무나 급진적인 그 사고방식에 깜짝 놀랐다.

"그냥 평범하게 접객 일부터 시작해도 되지 않아요?"

"그러면 다른 종업원들과 같이 일해야 하잖아요……? 그럼 저는 틀림없이 그 사람들 틈에 섞이지 못하고 묵사발이 되어버릴 거예요."

묵사발이 되지는 않을 것 같은데…….

"어, 그래서요. 제가 스스로 여관을 경영하면 다른 종업원들과 이야기할 필요도 없으니까, 편하고 좋을 것 같다고 생각해서……."

"그래서 덜컥 여관 문부터 열었다고요? 과단성이 있으시네요."

보통 사람이라면 도저히 못 할 짓이다.

다른 종업원과 이야기하기 싫다. 오직 그런 일념으로 이렇게 과감한 행동을 하다니. 이거 잘하면 거물이 될 수도 있겠다는 생각도 들었다.

그러나――.

"저, 실례일지도 모르지만요. 경영은 어떻게 되고 있나요? 괜찮아요?"

한 달 동안 숙박객이 한 명밖에 안 오는 여관이라니.

도저히 제대로 경영이 될 것 같지 않은데…….

"괘, 괜찮아요……."

리즈베스 씨는 다부지게 그런 말을 했다.

"빚을 져서 이 여관을 개업했는데요. 혹시나 빚을 갚지 못하게 되더라도, 그때는 담보로 삼은 저의 장기를 주면 되니까 괜찮아요……."

"괜찮긴 뭐가 괜찮아요?!"

엄청난 위험 부담을 안고 있잖아?!

"그분이 말씀하시기를, 사람의 몸에는 필요 없는 장기가 몇 개 있다고 했어요. 그래서 그런 것들을 몽땅 가져갈 거래요."

"필요 없는 장기라니, 그런 것은 없어요!"

인체의 정밀함을 우습게 보지 마!

"하지만 저 같은 사람의 장기라도, 담보가 될 만한 가치가 있다고 하잖아요? 그걸 알았을 때는 좀 기뻤어요……!"

리즈베스 씨는 "흐힛" 하고 웃음을 흘렸다.

"…………."

이 사람, 자신감이 없어도 너무 없구나.

그날 밤은 리즈베스 씨의 여관에서 보냈다.

그리고 다음 날 아침.

내가 방에서 나와 1층의 거실로 내려가자, 그림자처럼 슬그머니 나타난 리즈베스 씨가 조심스럽게 물어봤다.

"어젯밤에는 편하게 쉬셨어요……?"

"네. 덕분에 푹 잤습니다."

"그, 그래요? 다행입니다."

리즈베스 씨는 안도의 한숨을 쉬었다.

"하룻밤 내내 손님의 순탄한 숙면을 위해 기도했던 보람이 있네요."

"…………."

그런 일을 해주셨구나.

좀 과도한 지극정성인데.

"……아, 손님의 순탄한 숙면이라니. 이거 왠지 랩 같은데요?

흐히힛.”

리즈베스 씨는 자기가 한 말이 우스운지 웃음을 터뜨렸는데, 내가 보고 있다는 사실을 깨닫자 헉 하고 정신을 차렸다.

“……오, 오늘은, 뭐 하실 거예요?”

“일단 일자리를 찾아보려고 합니다.”

“그, 그렇군요. 일자리를…….”

이유는 몰라도 풀이 죽은 리즈베스 씨.

어쩐지 아쉬워하는 것처럼 보이는데. 기분 탓일까?

“저, 저기, 괜찮으시다면 오늘도 여기서 묵으실래요? 아니, 오늘뿐만 아니라 원하시는 만큼 계속. 어차피 방은 비어 있으니까요…….”

“그렇게 말씀해주시는 것은 기쁘지만요. 그건 너무 죄송하잖아요.”

우리가 그런 대화를 나누고 있을 때였다.

여관 문이 벌컥 열렸다.

“실례합니다. 오늘 여기서 묵을 수 있나요?”

새로 등장한 사람은 젊은 여성이었다.

아마도 숙박객인 듯했다.

왕도에 관광이라도 하러 온 걸까? 커다란 짐을 가지고 있었다.

“……우히이이익?!”

리즈베스 씨는 불쑥 찾아온 숙박객을 보고 화들짝 놀라더니, 마치 사람에게 발견된 벌레처럼 후다닥 내 등 뒤에 숨어버렸다.

"리즈베스 씨, 응대를 하셔야죠."

"……나나나, 난 못해요."

완전히 낯가림 스킬이 발동되고 있었다.

"나하고는 평범하게 대화했잖아요?"

"카, 카이젤 씨는, 무직자잖아요?"라고 리즈베스 씨는 말했다. "무직자한테는 저도 친근감을 느낄 수 있으니까……."

"우와, 성격이 참 좋으시네요……."

그래서 내가 일자리를 찾으러 간다고 하니까 아쉬워했던 건가.

이 여자한테는 직업인은 거리감이 느껴지는 존재이니까.

"이대로 저 사람을 계속 기다리게 할 수는 없으니까……. 저, 리즈베스 씨. 괜찮다면 내가 대신 응대를 해드리고 올까요?"

"……! (끄덕끄덕)"

내가 구원의 손길을 내밀자, 리즈베스 씨는 표정이 확 밝아지더니 제발 좀 부탁한다는 식으로 격하게 고개를 위아래로 끄덕거렸다.

어휴, 어쩔 수 없지. 나는 접수처에서 기다리고 있는 여자 손님에게 다가갔다.

"오래 기다리셨습니다. 제가 도와드리겠습니다. 숙박 기간은 어느 정도인가요?"

"음, 한 2박 정도요."

"네, 알겠습니다."

이 여관의 설비는 모조리 내 머릿속에 들어 있었다.

그것들을 전부 다 설명한 뒤, 접수처에서 관리하고 있던 방 열쇠를 건네줬다.

"이게 방 열쇠입니다. 체크아웃은 모레 오전 10시이니, 그때 이 열쇠를 접수처에 와서 반납해주세요."

"네~."

"짐은 방까지 옮겨드리겠습니다."

"와! 감사합니다!"

나는 2층에 있는 객실까지 짐을 날라줬다.

여자 손님한테서 고맙다는 말을 들은 후 나는 1층 거실로 내려왔다. 그 거실 한구석에 조용히 서 있는 리즈베스 씨 곁으로 다시 돌아왔다.

"안내해 드리고 왔어요."

"……괴, 굉장해요."

리즈베스 씨는 경탄하고 있었다.

"카이젤 씨, 접객의 프로였군요……?"

"아니, 이 정도는 기본이죠."

"처, 천부적인 재능이라고 생각해요. 어쩌면 접수원으로 일하기 위해 태어난 사람일지도……?"

"재능의 범위가 매우 한정적이네요."

이왕이면 접객 전반이라고 해주면 좋았을 텐데.

"저, 저기요……! 이 여관에서 일해주실 수는 없나요……?!"

"네?"

"이, 일자리를, 찾는다고 하셨잖아요?"

"그건 그렇죠."

"무, 물론 급료는 드릴게요. 언제까지나 여기 머물러주세요. 제가 할 수 있는 일이라면 뭐든지 해드릴 테니까……!"

간간이 말이 막혀서 더듬거리면서도 열변을 토하는 리즈베스 씨.

"제, 제발, 저를 도와주세요……!"

아직 만난 지 얼마 되지도 않았는데, 리즈베스 씨가 소극적인 성격이란 것은 뼈아플 정도로 잘 알게 되었다.

그런 사람이 용기를 쥐어 짜내서 나에게 도움을 청하고 있었다.

"하긴, 여기서 살면서 일하면 숙박비도 절약될 테고……."

식비만 벌면 살아갈 수 있을 것이다.

과거의 세계에서 여분의 돈을 벌어봤자 소용도 없으니까.

게다가――리즈베스 씨를 그냥 내버려 둘 수도 없었다.

좀 전에 봤던 그 낯가림하는 모습. 그런 상태라면 이 여관은 계속 파리만 날릴 테고, 언젠가 리즈베스 씨는 장기를 포기하게 될 것이다.

이 사람은 나에게 잠자리를 제공해줬으니 그 은혜도 갚아야 한다. 내가 해줄 수 있는 일이 있다면 협력하고 싶었다.

"알겠습니다. 여기서 일하게 해주세요."

나는 그렇게 말한 뒤 리즈베스 씨를 향해 손을 내밀었다.

"우리 함께 이 여관을 번창하게 해봅시다."

"……그, 그래요오."

리즈베스 씨는 머뭇머뭇 내 손을 만졌다.
이리하여 나는 여기서 살면서 일을 하게 되었다.

제2화

3년 전의 과거로 날아온 나는 현대로 되돌아갈 수단을 찾는 한편, 리즈베스 씨의 여관에서 살면서 일을 하게 되었다.

리즈베스 씨는 빚을 지고 이 여관을 개업했다.

기한 내에 빚을 갚지 않으면, 담보로 삼았던 장기를 대신 내놓아야 할 판이었다.

장사가 안되는 꼴을 지켜보고만 있을 때가 아니었다.

한시라도 빨리 여관이 잘되게 해야 할 텐데.

이 여관에는 다양한 개선의 여지가 있는 것처럼 보였는데, 우선 할 수 있는 일부터 차근차근 착수하기로 했다.

구체적으로 말하자면, 먼저 여관 이름부터 바꿔야 했다.

실은 내가 여기 살면서 일하기로 마음먹었을 때 리즈베스 씨에게 이 여관의 이름을 물어봤었다.

"그러고 보니 이 여관은 이름이 있나요?"

"아, 네. 피에 굶주린 마수들의 은신처입니다."

"네?"

"피에 굶주린 마수들의 은신처입니다."

그러더니 리즈베스 씨는 말을 이었다.

"사흘 밤낮을 고민해서 생각해 낸 이름인데요. ……머, 멋있지 않아요?"

묘하게 자신 있는 것처럼 으히힛 하고 웃고 있었다.

"아니, 그게, 물론 멋있을 수도 있지만요……."
일단 그렇게 말한 다음에 뒷말을 덧붙였다.
"여관 이름치고는 좀 뒤숭숭한 느낌이 드는데요. 피에 굶주린 마수 같은 요소가 없기도 하고요. 손님도 쉽게 들어오지 못할 것 같아요."
이름만으로도 기피 대상이 될 게 뻔했다.
그리고 이런 이름을 좋아하는 사람들의 경우에도, 실내 인테리어는 평범한 여관이기 때문에 그들이 원하는 세계관을 제공해주진 못할 것이다.
그러니까 현재 이름을 유지해봤자 좋을 게 하나도 없었다.
"우선 이름을 바꿉시다."
"……그, 그래요? 알았어요."
리즈베스 씨는 아쉬워하면서도 납득은 해준 것 같았다.
이리하여 여관 이름은 바꾸게 되었는데…….
나는 작명 센스가 좋은 편은 아니었다. 나의 독단으로 정하는 것은 위험했다. 다른 사람의 의견도 적극적으로 수용하고 싶었다.
그래서 나는 도와줄 사람을 부르기로 했다.
날이 저물 무렵. 여관의 문이 열리더니 소녀들이 찾아왔다.
"아버님, 소집에 응해 달려왔습니다."
"아빠가 우리에게 부탁할 것이 있다니, 별일이네."
"와, 우리 다 모였어~."
여기 나타난 사람은 엘자, 안나, 메릴——우리 딸들이었다.

"얘들아, 미안하다. 다들 바쁠 텐데."
"아뇨. 아버님이 부르신다면 당연히 와야죠."
"오늘은 일도 빨리 끝났으니까."
"난 아빠를 만날 수만 있다면 이 세상 끝까지라도 날아갈 거야♪"
우리가 그런 대화를 나누고 있을 때였다.
문득 기척이 사라졌네? 하고 주위를 둘러보니, 어느새 리즈베스 씨는 거실에 있는 탁자 밑에 숨어 있었다.
바들바들 떨면서 이쪽의 상황을 훔쳐보고 있었다.
"……누누누, 누구세요……?"
"이 아이들은 제 딸들입니다. 왕도에서 다들 따로 살고 있지요. 남들의 의견도 들어보면 좋을 것 같아서 불렀습니다."
둘밖에 없으면 사고의 폭도 좁아진다.
그래서 우리 딸들한테도 각자 아이디어를 내어 달라고 해서, 괜찮은 게 있으면 그걸 채용하기로 마음먹은 것이다.
"……카, 카이젤 씨, 자, 자식이 있으셨어요?"
"아, 네."
"……도, 독신이신 줄 알고, 제 마음대로 친근감을 품고 있었는데요……. 하기야 카이젤 씨처럼 멋진 분이 그럴 리가 없었던 거겠죠."
"네? 저기, 왠지 거리감이 생긴 것 같은데요?"
상대가 이상하리만치 멀리 떨어져 있었다.
"……가, 가정을 꾸린다는 것은, 강한 사람이란 증거니까요. 앞으로는 카이젤 님이라고 부르도록 하겠습니다.”

“아뇨, 그렇게 예의 차리실 필요는 없어요.”

“……앞으로는 저를 하찮은 구더기라고 불러주세요…….”

“그러고 싶지 않은데요?!”

아무리 그래도 이건 너무 비굴하잖아!

“……카이젤 님은 멋진 분이시니까요. 틀림없이 카이젤 님의 부인도 멋진 분이실 테죠. 저 같은 사람과는 비교도 안 될 정도로…….”

“부인은 없는데요.”

“네?”

“딸들은 제가 혼자 키웠습니다.”

“……카이젤 씨. 이혼남이었군요?”

“아, 거리가 좀 가까워졌네요.”

호칭도 다시 카이젤 씨로 돌아왔고.

리즈베스 씨는 내가 이혼남이란 것을 알게 되자(실은 애초에 결혼도 안 했지만) 친근감을 느끼는 것 같았다.

굳이 정정할 필요도 없어서 그냥 이대로 놔두기로 했다.

“응, 그래서? 아빠. 부탁하고 싶은 게 뭐야?”

“아, 그게 말이지.”

나는 딸들에게 사정을 설명했다.

내가 이 여관에서 살면서 일하게 됐다는 것.

그런데 장사가 너무 안돼서, 여관을 잘되게 할 계책을 세워보려고 한다는 것.

우선은 여관의 이름부터 바꾸기로 했다는 것.

그걸 위해 모두의 아이디어를 모으고 싶다는 것.

"아, 네. 여관의 이름 말인가요."

엘자는 흠 하고 턱을 손으로 만지작거리면서 말했다.

"스스로 작명 센스가 있는 편이라고 생각하진 않지만……. 다른 누구도 아닌 아버님의 부탁이니까요. 저도 도와드리고 싶어요."

"응, 그러게. 적당히 기분 전환도 될 것 같고."

"나도 도와줄게♪"

우리는 회의하려고 거실의 테이블 주위에 각자 자리를 잡았다. 리즈베스 씨도 쭈뼛거리면서도 구석에 앉았다.

우리 딸들은 리즈베스 씨 앞에서 자기소개를 했고, 리즈베스 씨도 마찬가지로 이름을 밝혔다. 그걸 본 다음에 나는 이야기를 꺼냈다.

"좋아. 그럼 당장 아이디어를 모집해볼까."

"저기, 잠깐만. 이름을 바꾸고 싶다는 것은, 이미 이름이 있다는 거잖아? 일단 그 이름이 뭔지 가르쳐주면 안 돼?"

"아, 하긴. 그렇구나."

나는 고개를 끄덕이고 시선을 돌렸다.

"리즈베스 씨, 가르쳐주세요."

"으햐앗?! 제, 제가요?!"

"당신이 그 이름을 지으셨잖아요."

이 자리에 있는 사람들의 시선이 일제히 리즈베스 씨에게 집중됐다.

리즈베스 씨는 "히엑……" 하고 기가 죽더니, 양손 손가락을 살살 맞비비고 허공을 향해 눈동자를 이리저리 굴리면서 조심스럽게 중얼거렸다.

"피, 피에 굶주린 마수들의 은신처……입니다."

"네?"

"피에 굶주린 마수들의 은신처……입니다."

리즈베스 씨는 말을 마쳤다. 그 후 침묵을 참기 어려웠는지 "흐힛!" 하고 자학적인 웃음을 흘렸다.

"그건 정말, 어……."

"중2병 같은 이름이네~♪"

"사, 살아 있어서 죄송해요!!"

"네? 그런가요? 저는 멋있어서 좋은 이름이라고 생각하는데요."

엘자가 옹호하는 것처럼 그런 말을 했다.

"피에 굶주린 마수들의 은신처――흥미로운 이름이에요."

아무래도 엘자의 취향을 저격한 듯했다.

"……에, 엘자 씨, 당신은 좋은 분이시군요……!"

리즈베스 씨는 자신의 감성을 인정해주는 사람이 나타나자, 감격했다.

안나는 어깨를 으쓱하고 쓴웃음을 지었다.

"하긴, 엘자는 고향에 있을 때도 자주 필살기인지 뭔지 하는 것을 생각했었지. 그게 뭐였더라? 평범한 대각선 베기 기술에다가 거창한 이름을 붙였었잖아?"

"명연옥마상 염신멸참(冥煉獄魔翔 焰神滅斬)입니다."

"뭐?"

"명연옥마상 염신멸참입니다."

"발음하기도 어려운 단어를 잘도 말하네."

"너무 자신만만한 표정이라서 짜증 나."

엘자는 가슴을 활짝 펴고 은근히 자랑스러워하고 있었다.

나는 다시 하던 이야기를 계속했다.

"첫 번째 이름은 여관의 이름치고는 너무 뒤숭숭해. 여기에는 피에 굶주린 마수들 같은 요소도 없고. 그래서 변경하기로 한 거야."

"응, 당연히 그래야지."

"그래서 이제 이름을 바꾸기로 했는데."

나는 말을 이었다.

"우선 차례대로 아이디어를 내볼까? 엘자. 넌 어때?"

"글쎄요……."

엘자는 잠시 생각에 잠기더니.

"흑장미정 몽환화전(黑薔薇亭 夢幻華殿)이란 이름은 어때요?"

"흑장미…… 뭐라고?"

"흑장미정 몽환화전입니다."

"암흑세계의 만담가 같은 거야?"

"왠지 손가락 없는 장갑을 끼고 있을 것 같아."

"네?! 저, 이 이름은 별로인가요?!"

"으음, 뭐랄까. 좀 전의 이야기의 흐름상 그렇게 될 것 같은 예감은 들었지만. 정말로 예상했던 결과가 그대로 출력됐네"라고 안나가 말했다.

"……저, 저는, 멋있다고 생각해요."

리즈베스 씨는 엘자를 옹호하는 것처럼 중얼거렸다.

"……저, 저는 좋아요. 엘자 씨의 아이디어."

"리즈베스 씨……!"

서로 마주 보면서 살짝 엄지를 치켜세우는 두 사람.

뭔가 통하는 게 있을지도 모른다.

"이름이 멋있긴 한데, 이것도 여관의 분위기와는 좀 안 어울리는 것 같아. 더구나 발음하기도 너무 어렵고."

유감이지만 그 아이디어는 기각하기로 했다.

"메릴, 넌 어때?"

"음~ 글쎄. 아, 퍽퍽미끈미끈 호텔!"

"순식간에 아이큐가 확 낮아졌네."

"러브호텔이 아니거든?"

기막힌 표정을 짓는 안나.

"러브호텔이 뭔데요?"

"엘자, 넌 몰라도 돼."

"끄응. 러브호텔처럼 느껴지지 않으면 되는 거지?"

"응, 그래."

"그러면 원래 이름인 '피에 굶주린 마수들의 은신처'랑 합쳐서, 퍽퍽미끈미끈의 은신처라고 하면 되지 않아?"

"그건 점액질 마물의 소굴 같다."

"물리 공격이 아니라 마법 공격으로 도전해보고 싶네요."

"아니, 아까 그게 러브호텔처럼 느껴졌던 것은 '호텔' 부분이 아니라 '퍽퍽미끈미끈'이란 부분 때문이거든? 그 부분을 바꿔야지, 응?"

"뭐~? 하지만 퍽퍽미끈미끈은 양보할 수 없는데~?"

메릴은 불만스럽게 뺨을 퉁퉁 부풀렸다.

그 아이디어는 가볍게 기각됐다.

어쨌든 메릴이 독특한 작명 센스를 가지고 있다는 것은 알게 되었다. 그런 감성은 소중히 여겨줬으면 좋겠다.

"안나, 네 생각은 어때?"

"으응. 나도 작명 센스에는 자신 없는데……. 그냥 단순하게 리즈베스 여관이라고 하면 안 돼?"

"하기야 이상하게 꼬아놓는 것보다는 그게 더 직관적이라서 좋을지도 몰라."

한눈에 여관이란 것도 알 수 있고.

"하지만 그건 좀 심심하지 않아요?"

"좀 더 센스가 있었으면 좋겠어~!"

엘자와 메릴은 이의를 제기했다.

"……저, 저도 그 이름은, 좀 그래요."

리즈베스 씨도 머뭇머뭇 손을 들고 발언했다.

"……저 같은 사람의 이름을, 여관 이름으로 삼는 것은 주제넘은 짓이라고나 할까요. 손님의 눈을 더럽히게 되지 않을까요?"

다른 각도에서 튀어나온 의견이었다.

"……그, 그리고, 그건 부끄러워요."

그렇다.

이 여성은 소극적인 성격이었다.

"그래, 리즈베스 여관이란 것은 너무 단순화한 이름일지도 몰라. 이걸 조금만 더 근사하게 바꾸면……."

안나는 턱에 손을 대고 생각에 잠겼다. 그러다가 우리에게 물어봤다.

"리즈베스 씨를 보고 연상되는 이미지는 뭘까?"

"글쎄. 조용하다?"

"왠지 모르게 비현실적으로 덧없는 분위기가 있어요."

"마치 요정 같아~."

메릴의 의견을 들었을 때 아! 하고 깨달음을 얻었다.

"그럼 요정의 은신처는 어때?"

나는 그렇게 제안해봤다.

"리즈베스 씨의 첫 번째 아이디어의 일부와, 본인의 이미지를 합쳐본 건데."

"응, 괜찮지 않아? 여관이란 사실도 가르쳐줄 수 있으니까."

"적당히 운치도 있고요."

엘자도 고개를 끄덕였다.

“개인적으로는 조금만 더 멋을 부렸으면 좋겠지만요…….”

“난 아빠 의견에 찬성~.”

대체로 호평을 받는 듯했다.

“요, 요정이라니, 그렇게 멋진 게 아닌데…….”

리즈베스 씨는 겸손하게 그런 말을 했다.

“……저, 저는 그렇게 잘난 사람이 아니에요. 기, 기껏해야, ‘어둡고 음울한 못난이의 은신처’란 이름이 잘 어울리지 않을까요……?”

“와, 순식간에 다 망했네.”

“좋은 느낌이 하나도 없어.”

“자신감이 너무 없는 거 아녜요?”

우리는 리즈베스 씨를 열심히 설득했다.

그리하여――.

최종적으로는 ‘요정의 은신처’로 결정됐다.

여관 이름이 정해졌으므로 다음에는 간판 메뉴를 만들기로 했다.

사업을 번창시키려면, 다른 곳에는 없는 특별한 매력 요소가 있어야 한다.

그럼 역시 요리가 좋지 않을까? 하는 이야기가 나왔다.

“리즈베스 씨, 요리는 할 줄 알아요?”

“……가, 간단한 것은 할 줄 알죠. 하지만 남에게 식사를 대접한 적은 없으니까, 맛은 보장할 수 없어요…….”

"뭐? 저기, 이 여관은 식사도 제공하잖아?" 하고 안나가 물었다.

"……아, 네. 일단은 그렇죠."

"그런데 남에게 식사를 대접한 적이 없다니, 그게 무슨 소리야?"

"……카이젤 씨가 첫 손님이었거든요."

"…………."

안나는 말문이 막혀버렸다.

내가 오기 전까지는 손님이 하나도 오지 않았다.

그 사실이 충격적이었던 것이리라.

나는 이 상황을 적당히 수습하듯이 물어봤다.

"그런데 리즈베스 씨. 잘하는 요리는 뭐예요?"

"야, 야채 볶음, 같은 거요. 즉석 면을 삶는 거라든가."

리즈베스 씨는 손가락으로 하나씩 꼽으면서 더듬더듬 요리 이름을 열거하기 시작했다.

"그, 그리고, 볶음밥."

"혼자 자취하는 남학생이에요?"

"뭐, 그래도 나보다는 훨씬 요리를 잘하는데?"

"당신은 애초에 요리를 전혀 안 하잖아요. 메릴."

아무튼 여관의 음식이 겨우 그 정도라면 영 부실해 보일 것이다.

요리의 가짓수를 늘릴 필요가 있었다.

"뭔가 좋은 메뉴가 없을까……?"

"굳이 메뉴를 개발할 것도 없이, 이미 알고 있는 레시피를 사용하면 되잖아?"

안나가 그런 제안을 했다.

"예를 들면 스튜는 어때?"

"그거 좋네요. 아버님의 스튜는 일품이니까요" 하고 엘자도 동조했다. "식당에 내놔도 충분히 통할 거라고 생각해요."

"찬성! 그러면 우리도 먹으러 올 수 있으니까♪"

"응, 그럼 애플파이도 만들어주면 좋겠다."

신이 나서 떠들어대는 우리 딸들.

내가 만든 스튜나 애플파이는 고향에 있을 적부터 우리 딸들뿐만 아니라 마을 사람들한테도 호평을 받은 음식이었다.

그 정도면 손님에게 내놔도 괜찮을지도 모른다.

"좋아. 그럼 그걸로 할까?"

우선 방침은 결정됐다.

스튜와 애플파이를 메뉴에 추가하기로 했다.

"그러면 재료를 구해야 할 텐데……."

시장에서 사 오기에는 자금이 부족했다.

"어떻게든 저렴하게 재료를 손에 넣을 방법이 없을까……?"

여관은 현재 빚을 진 상황이기도 했다.

가능한 한 식재료를 사들이는 비용은 아끼고 싶었다.

"채, 채소와 과일이라면 무료로 얻을 수 있을 거예요."

그때 리즈베스 씨가 소심하게 손을 들면서 말했다.

"네?"

"이, 일단은, 연줄이 좀 있거든요."

낯가림이 심한 리즈베스 씨한테 그런 연줄이 있다니. 왠지 좀 의외였다. 하지만 무료로 재료를 손에 넣을 수 있다면 고마운 일이었다.

"알았어요. 당신에게 맡길게요."

나는 리즈베스 씨에게 그렇게 말한 뒤 이어서 말했다.

"고기는 내가 사냥을 해서 가져올게요."

"사, 사냥이라고요?"

리즈베스 씨는 눈을 동그랗게 떴다.

"네. 왕도 주변의 숲에는 식용 마물이 서식하고 있으니까요. 스튜에 집어넣는 고기로 쓸만한 마물을 사냥해 오겠습니다."

"……그, 그건 위험하지 않아요……?"

"이래 봬도 내가 실력은 좀 있는 편이거든요."

"우리 아빠는 엄청나게 강해~♪"

메릴은 그렇게 말하더니 나를 꽉 끌어안았다.

"그럼 정해졌네" 하고 안나가 말했다. "리즈베스 씨가 채소와 과일을 가져오고, 아빠는 사냥을 해서 고기를 가져오는 거야."

"그리고 우리는 그렇게 해서 완성된 음식을 맛있게 먹는 거지♪"

"아니거든요? 그건 여관에서 내놓을 음식이에요."

엘자가 단호하게 못을 박아 이야기했다.

왕도 서쪽에 펼쳐져 있는 삼림.

수풀이 우거진 그 숲에는 수많은 마물이 서식하고 있었다.
하지만 사람을 위협할 정도로 강력한 개체는 거의 없었고, 마물들이 그 서식지인 숲에서 나오는 일도 없었다. 그래서 왕도에 사는 사람들에게도 위험성은 없었다.
나는 그 숲으로 가는 길을 걷고 있었다.
"엘자, 기사단 일은 괜찮아?"
"네. 오후에는 비번이니까요."
옆에서 걷고 있는 엘자가 그렇게 말했다.
"게다가 오랜만에 아버님이 싸우시는 모습을 볼 수 있는 귀중한 기회인걸요."
"글쎄, 멋진 모습을 보여줄 수 있으면 좋겠지만."
쓴웃음을 지으면서 걸음을 옮기다 보니 이윽고 삼림에 도착했다.
나뭇잎들이 우리의 머리 위를 덮고 있어서 햇빛이 듬성듬성 지면으로 쏟아지고 있었다. 공기는 맑았고, 마치 바다 밑처럼 한없이 고요했다.
우리는 이끼가 낀 흙을 밟으면서 안쪽으로 들어갔다.
도중에 마물의 흔적 같은 발자국을 발견했다. 우리는 그 흔적을 따라갔다. 잠시 후 수풀 사이로 커다란 등짝이 보였다.
"저건……."
"해머보아구나."
몸집이 거대한 돼지 마물.

비정상적으로 발달한 이마는 마치 철판처럼 각지고 넓었다.

기세 좋게 사냥감에게 돌진해서 그 비대해진 이마로 사냥감을 꽉 눌러 죽인다. 그 이마는 상당히 단단해서 상대의 검이나 창을 부러뜨릴 정도였다.

즉, 만만찮은 마물이었다.

"해머보아의 고기는 육질이 단단하고 냄새도 적어. 스튜 재료로 쓰면 딱 좋을 거야."

그러면서 나는 말을 이었다.

"엘자, 해볼래?"

"아, 네."

엘자는 가볍게 숨을 한 번 쉬었다. 그리고 긴장한 표정을 지으면서 수풀 속에서 앞으로 나아갔다.

해머보아는 그 소리에 반응해 뒤를 돌아봤다. 엘자의 모습을 인식하자마자 그놈의 얼굴의 깊은 주름살이 한층 더 깊어졌다. 눈에는 공격적인 빛이 깃들었다.

"꾸워어어어!!"

그놈은 소리 높여 포효하더니, 발굽으로 흙을 박차면서 이쪽으로 돌진해 왔다.

빠르다——.

엘자는 순간적인 판단으로 옆으로 뛰어 해머보아의 돌진을 피했다. 힘차게 발사된 그놈의 거대한 몸뚱이는 거목의 줄기와 정확히 충돌했다.

뿌직뿌직…….

수령이 수백 년은 넘을 것 같은 거목이 폭발적인 소리를 내면서 쓰러졌다. 땅울림 소리가 배 속 깊은 곳까지 울렸다.

어마어마한 파괴력.

실력 있는 모험가라도 방심하면 큰코다칠 판이었다.

"꾸워어어어!!"

해머보아는 즉시 몸을 돌리더니 또다시 엘자를 향해 달려들었다.

그 돌격이 명중하기 직전——돌격 코스에 서 있던 엘자가 높이 뛰어올랐다. 그리고 해머보아의 정수리를 향해 치켜든 검을 내리쳤다.

"꾸웩……?!"

이마에 비하면 정수리의 방어력은 약했다.

해머보아는 신음 소리를 내더니, 돌진 기세를 죽이지 못하고 거목에 쾅 부딪쳤다. 이번에는 타격이 있었는지 아까처럼 금방 몸을 돌리진 못했다.

그래서 빈틈이 생겼고.

엘자는 그놈의 등 뒤에서 일격을 선사했다.

그것이 결정타가 되었다.

해머보아는 바닥을 기는 듯한 소리를 냈다. 그 커다란 몸뚱이가 쿵 쓰러졌다.

"……휴."

엘자는 한숨 돌리더니 허리춤의 칼집에 칼을 꽂아 넣었다. 그리고 뒤를 돌아보면서 약간의 불안과 기대가 섞인 듯한 태도로 물어봤다.

"아버님. 어땠나요?"

"아주 잘 싸웠다."

나는 엘자 곁으로 다가가 어깨에 손을 올렸다.

"고향에 있던 시절보다 훨씬 더 날카로운 검술이었어. 네가 왕도에 오고 나서도 게으름을 피우지 않고 꾸준히 철저한 훈련을 했다는 증거다."

"네, 감사합니다!"

엘자는 활짝 웃으며 기뻐했다.

"우리끼리만 먹을 거면 이놈 하나로도 충분하겠지만. 여관에서 손님한테 내놓을 거면 한 마리는 더 잡고 싶구나."

그때였다. 주위에서 어떤 기척이 느껴졌다.

방금 그 전투의 소음을 듣고 온 것이리라. 수풀을 헤치면서 또 다른 해머보아가 모습을 드러냈다.

그놈은 거친 콧김을 뿜으면서 싸울 의욕을 보였다.

당장이라도 돌진할 것처럼 활기가 넘치고 있었다.

"마침 딱 좋은 놈이 왔구나."

나는 엘자를 뒤로 보내고 해머보아와 대치했다.

"이번에는 내가 상대해주마."

엘자는 후방에서 카이젤의 전투를 지켜보고 있었다.

——아버님이 싸우는 모습은 오랜만에 보네요.

엘자가 왕도에 온 지도 꽤 되었는데, 카이젤을 능가할 만큼 실력 있는 검사는 왕도 전체를 뒤져봐도 없었다.

지금 눈앞에 있는 카이젤은 3년 후의 미래에서 왔다고 한다.

과연 어떤 전투를 볼 수 있을까? 하고 기대했다.

하지만 약간 불안하기도 했다.

혹시나 자신이 알고 있는 아버지의 검술에 비해 미래의 아버지의 검술이 퇴보했다면——. 혹시나 자기보다 검술 실력이 더 떨어지게 되었다면——.

기대와 불안이 섞인 마음으로 전투를 지켜봤다.

거친 콧김을 뿜으면서 거대한 몸뚱이로 엄청난 적의를 드러내는 해머보아. 그놈과 대치하면서 카이젤은 태연한 표정을 짓고 있었다.

"쿠워어어어어!!"

해머보아는 흥분하여 눈을 뒤집은 채 단숨에 이쪽으로 돌진했다.

카이젤은 최소한의 움직임만으로 가볍게 적의 돌진을 피했다. 그러자 해머보아는 직선상에 있는 거목에 세게 부딪쳤다.

"제법 활기가 넘치는구나."

마치 애들 장난을 보는 것처럼 그런 말을 하더니, 엘자 쪽을 힐끔 봤다.

"엘자, 아까 그 검술은 훌륭했어. 그런데 해머보아는 고통을 느끼면 그만큼 육질이 나빠지게 돼."

카이젤은 계속해서 말을 덧붙였다.

"맛있게 먹으려면, 고통을 주지 않고 일격에 이놈을 해치워야 해. 자신이 베였다는 사실조차 눈치채지 못할 정도로."

그는 자세를 낮추면서 허리에 찬 칼의 칼자루에 손을 댔다. 자신에게 돌진하는 해머보아를 맞이하려는 것처럼.

――정면 대결?!

엘자는 속으로 경악의 비명을 질렀다.

비정상적으로 발달한 해머보아의 이마는 앞면 대부분을 뒤덮고 있었다.

그리고 그 이마의 경도는 쇠보다 더 단단했다.

그래서 엘자는 일부러 도약해서 그놈의 정수리를 노렸다. 정면으로 맞서서 베려고 해봤자 공격이 안 통하기 때문이다.

그러나 카이젤은 정면으로 맞서려 하고 있었다.

해머보아가 돌진한다.

움직이지 않는다.

한층 더 기세 좋게 달려든다.

움직이지 않는다.

사정거리 안에 들어갔는데도 카이젤은 여전히 호수의 수면처럼 흔들림 없이 정지해 있었다. 그 모습을 본 엘자는 불안과 초조함을 느꼈다.

이대로 있으면 직격해버릴 텐데——.

저 돌진이 직격하면, 아무리 아버님이 강해도 버티지 못할 것이다.

이제 한 발짝만 더 가면 닿는 거리까지 적이 달려왔을 때. 처음으로 카이젤이 움직였다. 그것은 흐르는 물처럼 고요한 시동이었다.

그다음 순간——.

해머보아의 거대한 몸뚱이는 움직임을 딱 멈췄다.

뒤이어 이마에 붉은 선이 생겨났다.

해머보아의 눈이 한순간 당황한 것처럼 동그래졌다. 그러나 그 직후에는 이미 그놈의 숨통이 완전히 끊어져 있었다. 거대한 몸뚱이가 지면으로 쓰러졌다.

"……?!"

엘자는 그때 가서 비로소 깨달았다.

카이젤이 이미 검을 휘둘러 공격을 끝냈다는 것을.

첫 움직임부터 적을 완전히 벨 때까지의 일련의 흐름——움직이기 시작했다고 생각했을 때는, 이미 모든 동작이 실행된 후였다.

해머보아의 반응을 보니, 그놈도 최후의 순간까지 자신이 베였다는 사실을 전혀 눈치채지 못한 것 같았다. 아마도 한순간에 죽었을 것이다.

적에게 고통을 주지 않는 자비로운 신속의 검술.

상식을 초월하는 그 엄청난 재주를 아무렇지도 않게 선보였다.

미래의 카이젤의 검술이 녹슬었으면 어쩌나——하는 걱정은 기우에 불과했다. 오히려 고향 마을에 있을 때보다 더 훌륭한 검술이었다.

——나보다 검술 실력이 더 떨어지게 되었다면 어쩌지……라니?

말도 안 되는 이야기였다.

아버님의 뒷모습은 자신이 도저히 따라잡지 못할 정도로 멀리 있었다.

하지만 카이젤의 뒷모습을 바라보는 엘자의 시선은 절망이 아니라, 아버지에 대한 외경심으로 가득 차 있었다.

해머보아를 사냥한 우리는 여관으로 돌아왔다.

리즈베스 씨는 아직 외출 중인 듯했다.

그 사람이 돌아올 때까지 기다리는 동안에 해체 작업을 해치우기로 했다.

그놈의 거대한 몸뚱이를 갈라 피를 뽑고 털을 태우고, 내장을 꺼내고 머리를 잘랐다. 등뼈와 갈비뼈와 어깨뼈를 제거하자 이제는 큼직큼직한 고깃덩이들만 남았다.

여관 뒤편에 있는 강가에서 해체 작업을 마친 뒤, 여관에서 편히 쉬고 있는데 리즈베스 씨가 돌아왔다.

"……다, 다녀왔어요. ——끼야아악?!"

문을 열자마자 내 얼굴을 본 리즈베스 씨는 소리를 꽥 지르더니 그 자리에서 엉덩방아를 찧었다.
"어, 왜 그래요?!"
"……어어어, 얼굴!"
"네?"
"어, 얼굴에 피가! 잔뜩!"
나는 거실에 있는 거울을 보고 깨달았다.
얼굴과 옷에 피가 묻어 있었던 것이다.
해체 작업 도중에 묻은 것이리라.
"사, 사냥에 실패해서 구사일생으로 겨우 여기까지 돌아온 거죠……?"
"네?"
"피의 양을 보니 아마도 치명상일 텐데…… 제가 괜히 여관 사업을 시작하는 바람에, 카이젤 씨가 목숨을 잃게 되었군요……."
뭔가 터무니없는 방향으로 폭주하고 있었다.
"어떻게 사과를 드리면 좋을지……. 이렇게 된 이상, 저도 배를 갈라서……. 다, 당신을 외톨이로 만들진 않을게요……."
망상의 날개를 펼치면서 리즈베스 씨는 손 닿지 않는 곳으로 날아가고 있었다. 이대로 놔두면 진짜로 할복할 기세였다.
"걱정 마세요. 이건 짐승의 피가 묻은 거예요."
"지, 짐승의 피?!"
"짐승을 해체하는 도중에 피가 묻은 거죠. 자, 봐요."
내가 가리킨 곳에는 해머보아의 고깃덩어리와 해체된 뼈가 있었다. 그걸 본 리즈베스 씨는 드디어 상황을 이해한 듯했다.

"……아, 그랬군요" 하고 안도의 한숨을 쉬었다. "다행이에요. 전 또 당신이 사냥하러 갔다가 사냥을 당한 줄 알았죠."

오해도 풀려서 참 다행이다.

그런데 책임을 지기 위해 뒤따라 죽으려고까지 하다니…….

감정이 너무 강렬한 게 아닐까.

"……어라?"

리즈베스 씨는 일어나려고 하다가 얼굴을 찡그렸다.

"왜 그러세요?"

"그, 그런데 제가 좀, 피를 보는 게 익숙하지 않아서요. 저…… 너무 놀라서, 몸에 힘이 안 들어가요."

"…………."

나는 리즈베스 씨를 일으켜줬다. 그 후 여관의 샤워 시설을 빌려서 짐승의 피를 씻어내기로 했다.

몸을 깨끗이 씻고 거실로 돌아와 봤더니, 리즈베스 씨가 채소와 과일로 꽉 찬 바구니를 나르고 있었다.

"부활하신 것 같네요. 다행입니다."

"……폐, 폐를 끼쳐서 죄송해요."

"어휴, 아닙니다."

그렇게 말한 다음에 나는 테이블 위에 놓인 바구니의 내용물을 힐끗 봤다. 그리고 반들반들 광택이 나는 채소와 과일을 집어 들었다.

"채소도, 과일도 잘 키운 놈들이네요."

"……그, 그런가요?"

"윤기도 나고, 실하기도 하고. 정성껏 잘 키운 것 같아요."

"……가, 감사합니다."

"?"

리즈베스 씨는 마치 자기가 칭찬을 받은 것처럼 "으헤헤……" 하고 쑥스러워하면서 헤벌쭉 웃었다.

"아무튼 식재료도 다 준비됐으니, 조리를 해볼까요?"

나는 여관의 주방을 빌려서 당장 조리를 하기 시작했다.

내가 만들 음식은 스튜와 애플파이였다.

이미 셀 수 없이 많이 만들어본 메뉴였다. 눈을 감고도 만들 수 있었다. 그런 조리 과정을 리즈베스 씨가 옆에서 견학했다.

나는 리즈베스 씨가 구해온 채소를 냄비에 넣어 볶았다. 그러다가 해머보아 고기를 추가하고, 시장에서 사 온 산양유를 넣어서 푹 끓였다.

끓는 동안 밀가루와 버터로 파이 생지를 만들고, 껍질 벗긴 사과를 얇게 썬 다음에 시나몬과 설탕을 추가해 잘 버무려줬다.

그리고 파이 생지 위에다 얇게 썬 사과를 균등하게 올려놓고 오븐에 넣어 가열했다.

"……저, 정말 능숙하게 척척 일하시네요……!"

그리하여 요리가 완성됐다.

마침 해 질 때가 다 되어서 일을 마치고 온 엘자와 안나, 또 학교에서 돌아온 메릴도 여관에 찾아왔다.

우리 가족과 리즈베스 씨가 다 함께 테이블 주위에 둘러앉았다.

“““잘 먹겠습니다!”””

“……자, 잘 먹겠습니다.”

손을 모아 인사한 뒤, 리즈베스 씨는 머뭇머뭇 스튜를 스푼으로 떠서 입으로 가져갔다. 냠 하고 조심스레 입에 집어넣었다.

“……마, 마시써요……!”

뺨을 손으로 감싸면서 놀라서 눈을 동그랗게 뜨는 리즈베스 씨.

“……걸쭉한 스튜가 채소나 고기와 잘 어우러져서, 입에 집어넣자마자 부드러운 맛이 입안에 쫙 퍼지는 느낌이에요…….”

그리고 얼른 이어서 한 입 더 먹었다.

“농후한 맛인데도 묘하게 가벼운 느낌도 들어요. 균형이 아주 잘 잡힌 맛이네요. 이건 얼마든지 먹을 수 있을 것 같아요…….”

음식이 마음에 드시는 모양이다.

“으응~! 아빠가 만든 스튜가 제일 맛있어~♪”

“애플파이도 진짜 훌륭해.”

“고향에 있던 시절이 생각나네요.”

우리 딸들도 기뻐하는 것 같았다.

“여관에서 이 요리를 내놓으면 틀림없이 장사가 잘될 거야.”

“응, 나도 매일 먹으러 올 거야~♪”

“저도 시간 날 때마다 들를게요.”

“……카이젤 씨가 이렇게 요리를 잘하실 줄은……. 여, 역시,

기혼자는 굉장하네요…….”

“아뇨, 그 점은 별로 상관없다고 생각하는데요. 게다가 이건 리즈베스 씨가 도와주신 덕분이기도 해요.”

“제, 제가요?”

“당신이 가져다주신 채소가 정말로 질이 좋았거든요.”

“도, 도움이 되었다면 다행이에요……!”

“아참. 이 말을 한다는 것을 깜빡했는데요. 처음에는 내가 주방에서 음식을 만들 거지만, 언젠가는 리즈베스 씨에게 만들어 달라고 할 거예요.”

“——네엣?! 제, 제가요?! 전 못해요! 이렇게 맛있는 음식은 만들 수 없어요!”

“레시피는 내가 가르쳐주고, 지도도 해줄 거니까 괜찮아요. 리즈베스 씨도 만들 수 있게 될 겁니다.”

나는 언젠가는 이곳을 떠날 인간이다. 원래 있던 시간대로 돌아가야 하니까. 영원히 이곳의 주방에서 일할 수는 없다.

지금은 얼마든지 도와줄 수 있다.

하지만 언젠가 이 사람은 나 없이도 여관을 잘 경영할 수 있게 되어야 한다.

“……네에~~엣……?”

불안해하면서 울상을 짓는 리즈베스 씨. 그 모습을 본 나는 ‘당장은 갈 길이 멀겠구나’ 하고 속으로 쓴웃음을 지었다.

여관의 이름을 '요정의 은신처'로 변경하고 해머보아 스튜와 애플파이를 제공하기 시작한 뒤로 시간이 얼마쯤 흘렀다.

여관은 장사가 잘된다고 하기는 좀 뭐했지만, 이전의 파리만 날리던 상황에 비하면 훨씬 활기를 띠게 되었다.

숙박은 물론이고 식사를 목적으로 방문하는 사람도 많았다.

해머보아 스튜와 애플파이는 왕도에서도 소문이 난 것 같았다.

남녀노소를 불문하고 모두가 좋아했다.

손님이 모이게 된 것은 여관 이름 개명과 레시피 덕분이기도 하지만, 엘자와 안나와 메릴이 왕도 주민들에게 홍보를 해준 덕분이기도 했다.

특히 안나의 홍보 능력은 굉장했다.

아직 길드 마스터로 취임하진 않았지만, 현시점에서 이미 안나는 모험가 길드 내에서 높이 평가받는 유능한 접수원이었다.

안나는 특정 인물에게 아첨하지는 않는다. 좋은 것은 좋다, 나쁜 것은 나쁘다고 딱 잘라 말하는 타입이었다.

그래서 주변 사람들은 안나의 안목을 믿었다.

그런 안나가 '요정의 은신처'의 음식을 절찬했다. 그 엄격한 안나가 그렇게까지 말하다니! 하고 여관에 찾아오는 사람도 많았다.

"우와, 왕도에 이런 맛집이 있었구나."

여자 손님이 음식을 먹으면서 감탄하고 있었다.

"스튜도 파이도 일품이야. 요리사의 실력이 참 좋은데?"

"하지만 저 사람, 왠지 좀 수상하지 않아?"
손님들의 시선이 이쪽으로 향했다.
주방에 서 있는 나는 가면을 쓰고 있었다.
정체를 숨기기 위해서였다.
미래의 내 지인이 이 여관에 오지 말라는 법은 없으니까.
손님들은 가면을 쓴 나를 보고 수상하게 여겼지만, 그래도 음식 맛이 만족스러워서 그런지 굳이 이것저것 캐내려고 하진 않았다.
이리하여 여관은 바닥을 기던 상태에서 멋지게 상향 곡선을 그리게 되었다.
단, 문제가 하나 발생했다.
"리즈베스 씨, 뭐 하는 거예요?"
요리 도중에 문득 보니, 리즈베스 씨는 주방 구석에 몰래 숨어 있었다. 공벌레처럼 몸을 조그맣게 움츠린 상태로.
"소, 손님의 눈을 더럽힐 수는 없으니까요……."
"그런 걱정은 안 해도 된다고 생각하는데요."
"저기요~."
"아, 손님이 부르시네. 리즈베스 씨. 응대 좀 해주세요."
"네?! 제가요?!"
"저는 지금 요리를 하느라 바쁘거든요. 리즈베스 씨, 당신 말고는 주문을 받으러 갈 사람이 없어요."
"하하하, 하지만! 저 같은 사람이 주문을 받으러 가면, 손님을 불쾌하게 할 수도 있어요…….”

“손님을 기다리게 하는 것이 더 나쁘다고 생각하는데요.”

“저기요~?”

“저거 봐요, 리즈베스 씨. 빨리 가요, 빨리.”

“아, 네엣!”

리즈베스 씨는 독촉을 당한 것처럼 급히 뛰쳐나가더니, 방금 자신을 부른 손님이 앉아 있는 테이블 쪽으로 달려갔다.

“무무무, 무슨 일이세요?!”

“목소리가 크시네요.”

남자 손님은 그 엄청난 성량에 당황한 것 같았다.

“파이를 추가로 주문할게요.”

“파, 파이 말이죠. 알겠습니다…….”

리즈베스 씨는 손에 든 메모지에 펜으로 글씨를 적었다.

“오른쪽 끝 테이블, 파이 추가……. 돼, 됐다.”

“아, 여기도 파이를 주문할게요.”

“네?!”

“저희는 스튜를 좀 가져다주세요!”

“누님, 여기 맥주 한 잔 더 줘~.”

“으아아아……!”

한꺼번에 주문이 여러 곳에서 들어오자, 리즈베스 씨는 완전히 당황해버렸다. 머리에서 푸슛 하고 연기가 피어오르는 게 보인 것 같았다.

"카, 카이젤 씨…… 카이젤 씨, 도와줘요……!"

빙글 돌아서 다시 주방으로 도망치려고 했을 때.

앞으로 쑥 내민 오른발이 왼발에 걸렸다.

꽈당!

헤드 슬라이딩을 하듯이 앞으로 넘어져버렸다.

"괘, 괜찮아요?"

가까이 있던 손님이 걱정스럽게 말을 걸었다. 그러나 대답은 없었다. 리즈베스 씨는 꼼짝도 안 하고 그대로 정지해 있었다.

식당 안이 조용해졌다.

"주, 죽었나……?!"

죽지는 않았다.

다만 마음이 완벽하게 꺾인 것 같았다.

"죄, 죄송합니다……!"

영업이 끝난 후, 리즈베스 씨는 진심으로 사과했다.

"아까 넘어져서 다친 데는 괜찮아요?"

"아, 네…… 반창고를 붙여서 괜찮아요."

리즈베스 씨의 매끈한 무릎에는 데포르메 곰이 그려진 반창고가 붙어 있었다. 그냥 가벼운 찰과상이라 다행이었다.

"손님 앞에 나서자마자 머릿속이 새하얗게 변해버리는 것 같았어요. 실수하지 않으려고 애쓰는 게 고작이라, 주문을 받을 여유가 없어서……."

그랬구나.

그래서 그토록 허둥거렸던 건가.

"그건 말이지, 자신감이 없어서 그런 거야."

다음 날. 여관에 찾아온 안나에게 사정을 설명했더니, 안나는 딱 잘라 그렇게 말했다.

"상대에게 불쾌감을 주지 않으려고 애쓰는 마음이 너무 커서, 온 정신이 거기에만 집중되는 바람에 다른 일을 생각할 여유가 없어지는 거야. 요컨대 자의식 과잉 상태라고나 할까."

"그럼 어떻게 하면 좋을까?"

"자신감을 길러야겠지. 그러면 자기 말고 다른 것에도 신경 쓸 수 있게 되니까, 남들 앞에 나서도 긴장하지 않게 될 거야."

"흠."

"원한다면 도와줄 수도 있는데. 어때?"

"어, 괜찮겠어?"

"당연하지. 난 아빠한테 도움이 되고 싶은걸."

안나는 윙크를 했다.

"게다가 리즈베스 씨는 나쁜 사람이 아닌 것 같고."

자신감을 가지게 된다면, 일을 잘하게 될 뿐만 아니라 평소에 살아가기도 편해질 것이다. 시도할 가치는 있었다.

그리하여 안나의 주도하에 리즈베스 씨의 자신감 길러주기 작전이 결행됐다.

그것은 안나가 쉬는 날인 다음 날부터 시작됐다. 여관에 찾아온 안나는 리즈베스 씨를 위한 선물을 들고 왔다.

"이이이, 이게 뭐예요……?"

"여관의 새 유니폼. 어때요, 예쁘죠?"

소맷부리와 목둘레에 화려한 프릴이 달린 연한 크림색 블라우스. 발랄함과 귀여움이 동시에 느껴지는 플레어스커트.

멋진 카페의 직원이 입는 유니폼 같았다.

"네가 샀어?"

"에이, 당연히 아니지. 만든 거야. 난 재봉이 특기거든."

안나는 후후 하고 득의양양하게 웃었다.

리즈베스 씨는 그 의상 앞에서 눈을 반짝반짝 빛내고 있었다.

"아주 훌륭한 의상이에요……!"

"그거, 당신이 입을 건데?"

"네에에에엣?!"

"그야 뭐, 이 여관에서 이것을 입을 사람은 당신 말고는 없잖아?"

안나는 어이없다는 듯이 말했다.

"설마 아빠가 입을 리도 없고."

그건 그렇다.

"리즈베스 씨는 자세히 보면 귀여운 사람인걸. 그러니까 예쁘게 꾸미면 틀림없이 멋진 여자처럼 보일 거야."

안나는 그렇게 말하더니 리즈베스 씨를 가리키면서 미소 지었다.

"자, 그러니까 내가 프로듀스를 해줄게. 나한테 맡겨. 빛나는 원석을 반짝반짝하게 갈고닦아줄게.”

“히에에에에엣……!”

다짜고짜 리즈베스 씨를 끌고 가는 안나.

분명히 리즈베스 씨가 안나보다 나이가 많을 텐데, 이렇게 보니 안나가 더 나이 많은 언니처럼 행동하고 있었다.

몇 시간쯤 지났을 때 두 사람이 돌아왔다. 안나가 꾸며준 리즈베스 씨의 모습을 본 나는 무심코 깜짝 놀랐다.

“이건…….”

“어때? 꽤 괜찮은 느낌이지?”

안나가 준비한 프릴 달린 의상. 그것을 입은 리즈베스 씨는 몰라볼 정도로 화사한 이미지였다. 발랄한 느낌으로 변한 것이다.

머리카락은 곱게 빗었고, 화장도 살짝 했다. 그래서 단정한 이목구비가 전보다 더 도드라져 보였다.

“좋은데?”

나는 솔직한 감상을 이야기했다. “아주 예쁘다고 생각해요.”

“흐에에엣?!”

칭찬을 받은 리즈베스 씨는 눈을 동그랗게 뜨면서 동요했다.

“……카, 카이젤 씨한테, 예쁘다는 소리를 듣다니……. 역, 역시, 저를 좋아하는 건가요……?”

“리즈베스 씨. 당신은 눈만 마주쳐도 저 사람은 나를 좋아하는구나~ 하고 생각하는 타입이야?” 하고 안나는 쓴웃음을 지으며 말했다.

“뭐, 그런 점까지 포함해서 자의식 과잉인 거겠지.”
그때 여관 문에 달린 종이 울렸다.
누가 왔나 보다.
숙박객인가——하고 봤더니, 그곳에는 엘자와 메릴이 있었다.
“오, 너희들도 왔구나?”
“안나가 불러서 왔어요.”
“리즈베스 씨의 자존감을 높여주기 위해서 말이지.”
그러더니 안나는 말을 이었다.
“자, 엘자, 메릴. 너희도 좀 봐줘.”
“와…… 정말 멋져요!”
“흐응. 뭐야, 꽤 예쁘네? 뭐, 나만큼 예쁘진 않아도~♪”
엘자와 메릴은 특별한 의상을 입은 리즈베스 씨를 보더니, 각자 탄성을 발하며 찬사를 보냈다.
“가, 감사합니다…….”
리즈베스 씨는 더듬거리면서 고맙다고 인사를 하다가 이렇게 말했다.
“하, 하지만, 부끄러우니까 너무 자세히 보지 말아주셨으면 좋겠어요……!”
플레어스커트 자락을 누르고 꼬물거리면서 부끄러워하는 리즈베스 씨. 그 얼굴은 사과처럼 새빨갛게 익어 있었다.
당연히 외모는 발랄하게 변했어도 본인의 성격은 변하지 않았다. 주목받는 것은 여전히 불편한가 보다.

"어휴, 안 돼. 우리한테 더 많이 보여줘야지."

안나가 순순히 놔주지 않으려는 것처럼 말했다.

"리즈베스 씨, 당신은 아주 멋진 사람이니까. 모두에게 칭찬받음으로써 자기 인식을 다시 해줬으면 좋겠어."

"네에~~엣……?"

"와. 땀을 엄청나게 흘리고 있는데?"

리즈베스 씨가 입고 있는 유니폼.

그 옷의 등과 겨드랑이 부분이 어느새 축축하게 젖어 있었다.

"괜찮으세요? 몸이 안 좋으신 게……."

"아, 아뇨, 그건 아닙니다."

리즈베스 씨는 허둥지둥 부정했다.

"나, 남한테 주목받으니까, 너무 긴장돼서……."

"그렇구나~."

"땀을 많이 흘리는 체질이라 죄송해요……."

"아뇨, 괜찮아요! 땀을 흘려도 멋있어요!"

"마니아는 오히려 그런 걸 좋아할 거야♪"

"그게 위로랍시고 하는 말이야?"

우리는 리즈베스 씨한테 예쁘다고 자꾸 칭찬을 해줬다.

그것은 입에 발린 말이 아니라 진심으로 하는 말이었다. 리즈베스 씨는 부끄러워서 땀을 뻘뻘 흘리고 있었다.

후일.

여관 식당에는 음식을 먹으러 온 손님들이 북적거리고 있었다.

숙박객도 있었고, 음식만 먹으려고 가볍게 들른 사람도 있었다.

나는 주방에서 바쁘게 일하는 중이었다.

새로운 의상을 입은 리즈베스 씨는 손님 앞에 서려니까 긴장되는 것 같았다. 벌벌 떨면서 겁먹은 듯이 우두커니 서 있었다.

제발 주문을 하지 말아주세요. 그렇게 빌고 있는 것이 느껴졌다.

"역시 긴장되나요? 아직은?"

"네, 네……."

리즈베스 씨는 등을 둥글게 움츠리면서 끄덕거렸다.

"……저도 지금 이대로 있으면 안 된다는 것은 알아요. 저도 소극적인 자신을 바꿔보고 싶어서 이 왕도에 온 거니까요."

'하지만' 하고 신음하듯이 이야기를 계속했다.

"실패하면 어쩌지? 하는 생각이 들어서……. 모처럼 와주신 손님들을 실망시킬까 봐 무서워요…….

……나, 나 같은 인간은 미움받는 게 당연해! 하고 허세를 부려봐도, 실제로 미움받는다고 생각하면 너무너무 무서워요……."

사람은 누구나 미움받는 것을 무서워한다. 그것은 당연한 일이다. 그래도 리즈베스 씨는 싸우려 하고 있었다. 그래서 왕도에서 여관의 문을 연 것이다.

"그냥 실패해도 된다고 생각해요."

나는 그렇게 말했다.

"네?"

“리즈베스 씨가 최선을 다한다는 것은 보기만 해도 아니까요. 실패하더라도, 누가 그걸 보고 실망하진 않을 거예요.”
‘게다가’ 하고 말을 이었다.
“설령 다른 사람들이 리즈베스 씨한테 실망하거나 당신을 싫어하게 되더라도, 나만은 무조건 당신의 편이 되어줄 겁니다.”
나는 상대를 안심시키기 위해 미소를 지었다.
“자, 그렇게 생각하면 마음이 좀 편해지지 않나요?”
“카이젤 씨…….”
리즈베스 씨의 가녀린 몸을 뒤덮었던 긴장이 조금이나마 풀린 것처럼 보였다. 바로 그때 손님이 부르는 소리가 들렸다.
“저기요~! 주문해도 돼요?”
“네, 네헷!”
리즈베스 씨는 놀라서 새된 소리를 내면서 허둥지둥 급하게 뛰어갔다.
“스튜 하나 주세요.”
“여기는 애플파이요!”
“나는 홍차를 주문하고 싶은데, 괜찮아?”
몇 가지 주문이 동시에 밀려왔다.
지금까진 이런 상황에서는 당황하여 고장이 나버렸던 리즈베스 씨. 그런데 지금은 손놀림은 서투르지만 하나하나 정성껏 메모하고 있었다.
주방으로 돌아온 리즈베스 씨는 방금 메모한 주문 내용을 전달

했다.

“알았어요. 나한테 맡겨요.”

내가 음식을 만들면 리즈베스 씨는 그것을 나른다.

그렇게 정신없이 시간이 흐르다 보니 어느새 낮의 영업시간은 끝나가고 있었다.

북적거림이 썰물처럼 빠져나가 조용해졌을 무렵.

마지막 손님이 자리에서 일어나 가게에서 나가려고 했을 때였다. 나이가 지긋한 그 신사 같은 손님은 리즈베스 씨를 보면서 이렇게 말했다.

“잘 먹었어요. 맛있었어.”

그는 부드러운 미소를 지었다.

“오늘도 최선을 다해 일하던데. 당신이 열심히 일하는 모습을 보면 나도 기운이 나. 덕분에 즐거운 시간을 보냈어.”

“……! 가, 감사합니다! 다, 다음에 또 오세요!”

리즈베스 씨는 고개를 깊이 숙여 인사하고 손님을 전송했다. 그러다 손님의 모습이 사라지자 재빨리 몸을 돌려 내 곁으로 뛰어왔다.

“……카, 카이젤 씨. 저, 해냈어요. 실수하지 않고 주문을 받는데 성공했어요. 혼자서 해냈다고요. 그, 그뿐만 아니라——.”

눈을 크게 뜨면서 펄쩍 뛰어오를 듯이 말했다.

“소, 손님한테 칭찬까지 받아버렸어요!”

“네, 확실히 봤어요.”

"……저도 할 수 있는 일이 있었네요."

리즈베스 씨는 믿을 수 없다는 표정을 짓고 있었다.

"……저는 아직 부족한 점이 너무 많지만요. 그래도, 아주 조금이나마 자기 자신을 좋아하게 된 것 같아요."

금방 모든 것을 바꿀 수 있으리라고 생각하진 않는다.

오랜 세월에 걸쳐 몸에 밴 비굴함은 그리 쉽게 사라지지 않는다.

하지만 주변 사람들이 리즈베스 씨를 인정해주는 태도를 계속 보여줌으로써, 리즈베스 씨가 조금이라도 자기 자신을 긍정하게 되면 좋겠다고 생각했다.

제3화

리즈베스 씨는 예전보다 자신감이 생긴 덕분인지, 이제는 남들 앞에 나서도 머릿속이 새하얗게 변하는 현상은 사라졌다.

아직 어색하기는 해도 접수원 역할까지 해내게 되었다. 그렇게 조금씩 성장하는 모습을 옆에서 지켜보는 것이 즐거웠다.

"산책 좀 하고 올게."

식당의 런치 타임이 끝난 후, 손님의 발길이 끊기는 시간대가 되자 나는 기분 전환을 하러 밖에 나가기로 했다.

혼자 남겨지게 된 리즈베스 씨는 불안한 표정을 지었지만, 전처럼 우는소리를 하지는 않았다.

"……조, 조심해서 다녀오세요"라고 하면서 나를 보내줬다.

나는 정체를 숨기기 위해 눈가를 가리는 가면을 쓴 채 왕도의 거리를 걸었다. 돌로 된 길의 좌우에 노점들이 쭉 늘어서 있는 그 거리는 오늘도 활기가 넘치고 있었다.

나는 거기서 벗어난 좁은 골목으로 들어갔다. 그곳은 한적한 주택가였다.

맞은편에서 갑옷을 입은 소녀가 걸어오는 것이 보였다. 은백색 머리카락의 그 소녀는 내 모습을 보자마자 기뻐하면서 나에게 말을 걸었다.

"아버님!"

그 소녀——엘자는 물이 찰랑찰랑하는 나무 양동이를 양손으로 들고 있었다.

"지금은 휴식 중이신가요?"

"응. 엘자는 뭐 하는 거니?"

"왕도를 순찰 중인데요. 이 거리에 살고 계시는 할머님이 허리가 안 좋으셔서, 제가 대신 물을 길어 드리려고 우물에 다녀왔어요."

그러고 보니 지금은 아직 마도기가 발명되지 않았나.

내가 있던 시대에는 메릴이 발명한 마도기 덕분에, 사람들은 집에 있으면서도 생활용수를 얻을 수 있게 되었다.

그러나 마도기가 없는 지금은 아직 일일이 물을 길으러 우물까지 가야 했다. 그런 중노동은 고령자에게는 버거운 일일 것이다.

엘자가 스스로 길어 올린 물을 그 고령자의 집까지 가져다주자, 현관으로 나온 할머니가 고개를 깊이 숙이면서 말했다.

"엘자 씨, 늘 신세를 져서 미안해."

"아닙니다."

"기사님에게 이런 일을 시키면 안 된다고 생각하는데. 아무래도 허리가 아파서 말이지. 정말 고마워."

"천만에요, 이 정도는 별것 아닙니다. 다음에 또 올게요. 무리하지 마시고 몸조리 잘하세요."

엘자는 할머니에게 위로의 말을 건넨 뒤 그곳을 떠났다.

우리는 같이 왕도를 돌아다녔다. 그런데 많은 주민이 엘자에게 말을 걸었다. 저번에는 우리 집 지붕을 고쳐줘서 고마웠다, 당신이 소매치기를 잡아줘서 참 다행이었다, 등등. 사람들이 엘자를 많이 좋아한다는 것이 느껴졌다.

평소에도 엘자는 사람들을 도와주고 다니는 것이리라.

부모로서 자랑스러웠다.

그렇게 한동안 걷고 있었는데, 갑자기 거리가 시끄러워졌다. 군중이 한데 모여 있었다.

아마도 마차 충돌 사고가 일어난 듯했다.

마차 두 대가 좁은 골목길의 교차로에서 딱 마주친 모양이다. 마차에 실은 짐이 무너져 돌바닥 위에 흩어져 있었다.

"괜찮으세요?!"

엘자는 인파를 헤치고 마차 쪽으로 뛰어갔다.

마부의 안위를 걱정하고 있었다.

마부는 타박상을 입었지만 그래도 크게 다치진 않은 것 같았다.

"나도 도와줄게."

엘자와 함께 길바닥에 흩어진 짐을 다시 옮겼다. 그런데 그때.

"도대체 무슨 소동이냐?"

인파를 마구 헤치면서 갑옷 입은 남자가 나타났다.

허리까지 닿을 정도로 긴 머리카락, 미간에 깊은 주름이 잡힌 험악한 얼굴. 주변 사람들을 전부 다 깔보는 듯한 오만함이 느껴지는 남자였다.

"루키페스 기사단장님……."

"엘자. 또 너냐?"

루키페스라고 불린 그 남자는 분노한 것처럼 한마디를 툭 뱉었다.

기사단장――.

그는 아마 엘자가 취임하기 전에 기사단장이었던 남자일 것이다.

"이런 데서 뭐 하는 거야?"

"마차 사고가 일어나서 사후 처리를 하고 있었습니다."

"내가 몇 번이나 말했을 텐데. 시답잖은 짓은 하지 말라고."

루키페스는 찌를 듯이 날카로운 말투로 말했다.

"우리 기사단은 오로지 왕족과 귀족을 위해서만 존재하면 된다. 서민의 심부름꾼 노릇은 하지 마. 기사단의 얼굴에 먹칠을 할 셈이냐?"

그 언동에서는 강렬한 자존심이 느껴졌다.

머리끝에서 발끝까지 자부심으로 가득 차 있는 것이 보였다.

"실례지만 그건 아니라고 생각합니다."

"뭐?"

"백성 없이는 왕과 귀족은 존재할 수 없습니다. 왕과 귀족을 지키고 싶다면, 그들을 받쳐주는 민중도 지켜야 합니다."

엘자는 주눅 들지 않고 당당하게 그렇게 주장했다.

"기사단은 모두 다 왕도의 사람들 전체를 위해 존재해야 합니다. 그리고 곤경에 처한 사람이 있는데도 그냥 내버려 두는 것이야말로 기사단의 얼굴에 먹칠을 하는 행위라고 생각합니다."

"……건방지게 굴지 마라. 신입. 감히 누구한테 그런 말을 하는 거냐?"

루키페스는 툭 내뱉듯이 그렇게 말했다.

"네가 어린 나이에 C랭크 모험가가 돼서 우쭐해진 모양인데. 그런 명함은 기사단에서는 아무 의미도 없어."

"……물론 그것은 잘 알고 있습니다."

"저, 엘자 씨는 우리를 위해 도와주신 거예요. 그러니 제발 화내지 말아주세요."

험악한 분위기를 보다 못한 남자 마부가 끼어들어 중재하려고 했다. 그러나 그 행위가 오히려 불난 집에 부채질을 하고 말았다.

"……야, 너. 지금 나한테 말대답했지?"

"네?"

"잘 기억해 둬. 나는 분수를 모르는 사람을 싫어한다. 특히 서민 주제에 기사단장인 나에게 대드는 놈은 몹시 싫어해."

"죄, 죄송합니다."

'마침 잘 걸렸다' 하고 루키페스는 입을 일그러뜨렸다.

"공포와 더불어 똑똑히 그 눈동자에 새겨주마. 물론 이제 곧 그것을 기억하기 위한 머리통까지 한꺼번에 날아가 버릴 테지만――."

나는 내 눈을 의심했다.

그 직후.

루키페스가 칼을 뽑더니 남자 마부를 향해 휘두른 것이다.

"아빠!"

남자 마부의 딸이 비명을 질렀다.

나는 그것을 막으려고 반사적으로 칼을 뽑았다.

그런데 그와 동시에.

루키페스가 휘두른 검이 남자 마부의 목을 베어버리기 직전에 ——그 궤도에 끼어든 엘자의 검이 그것을 막아냈다.

"……루키페스 단장님, 검을 거두십시오."

"흥, 반응 속도는 나쁘지 않구나."

루키페스는 그렇게 말하더니 차가운 눈빛으로 엘자를 응시했다.

"——하지만 지금 네놈은 상관을 향해 칼을 뽑았다. 이것은 용서받을 수 없는 소행이야. 기사단에서 제적 처분을 당하더라도 불평은 못 할 것이다."

"……어떤 처분이든 이미 각오하고 있습니다."

"잘못을 인정하고 고개 숙여 사죄하면 용서해줄 수도 있는데. 어떤가?"

"단장님을 상대로 칼을 뽑은 무례에 대해서는 사죄드리겠습니다. 그러나 이 사람들을 지키려고 했던 자신의 판단은 잘못되지 않았다고 믿습니다."

"……물러설 마음은 전혀 없다, 이거냐? 겁이 없는 것도 정도가 있지."

루키페스는 흥 하고 가볍게 콧방귀를 뀌더니, 허리에 찬 칼집에 칼을 집어넣었다. 그리고 싸늘한 표정으로 이런 말을 뱉었다.

"그래, 좋다. 말단 기사한테 일일이 화를 낼 정도로 나도 한가

하진 않으니까. 오늘은 일단 여기서 끝내주마."

루키페스가 떠나간 뒤, 공포에 질려 바닥에 주저앉아 있던 남자 마부가 엘자의 도움을 받아 일어났다.

"……엘자 씨, 죄송합니다. 내가 쓸데없는 짓을 했네요. 나 때문에 당신이 기사단장님한테 찍혀 버렸으니……."

"아뇨. 걱정하지 마세요. 당신이 무사해서 다행입니다. 게다가 당신은 저를 감싸주려고 하다가 그렇게 된 거잖아요."

"기사님, 아빠를 구해줘서 고마워요."

남자 마부의 딸이 눈물을 글썽거리면서 감사 인사를 했다. 머리카락을 뒤로 모아 하나로 묶은 포니테일 소녀. 그 얼굴은 묘하게 낯이 익었다.

엘자는 그 소녀의 머리를 다정하게 쓰다듬어주고 미소를 지었다.

"다음에 또 곤란한 일이 생기면 언제든지 불러주세요. 즉시 달려올게요."

그렇게 말하더니 "그럼 이만 가보겠습니다" 하고 몸을 돌렸다.

남자 마부는 고개를 깊이 숙여 인사하면서 그 뒷모습을 끝까지 지켜봤다. 그 후 옆에 서 있는 포니테일 소녀에게 말을 걸었다.

"돌아갈까? 나탈리."

"아, 네."

포니테일 소녀는 넋이 나간 것처럼 멍한 표정을 짓고 있었다.

"기사님…… 멋있어요……!"

그 소녀――나탈리라고 불린 포니테일 소녀는, 떠나가는 엘자의 뒷모습을 선망의 눈빛으로 계속 바라보고 있었다.

"엘자, 소문은 들었어. 기사단장하고 한판 떴다면서?"

모험가 길드에서 일을 마치고 여관으로 온 안나는, 똑같이 퇴근해서 여관으로 온 엘자에게 그렇게 말을 걸었다.

날이 어두워진 후의 여관 식당은 숙박객도 없어서 한산했다.

"아, 네. 부끄럽지만요……."

"안 그래도 냉대를 받고 있는데, 스스로 자기 입장을 더 곤란하게 만들었구나?"

"하지만 저는 자신이 한 일을 후회하지 않아요."

"그래? 그럼 나도 더 이상 할 말은 없지만."

안나는 어깨를 으쓱했다.

"엘자는 고집이 세니까~" 하고 의자에 귀엽게 앉은 메릴이 허공에 띄워놓은 두 다리를 달랑달랑 움직이면서 말했다.

"그 기사단장――루키페스라고 했나?"

"짜증 나는 녀석이었지?"

"응."

"명문 귀족 출신인 남자야. 왕족과 귀족 외에는 전부 다 깔보고 있어. 머리끝에서 발끝까지 완벽하게 특권 의식으로 가득 찬 사람이야."

안나는 기막히다는 듯이 말했다.

"마음에 안 드는 사람이 있으면 가차 없이 칼로 벤다니까. 시민이든 부하든 가리지 않고. 그래서 다들 그 녀석을 무서워하고 있어."

"그런 횡포가 용케 용납되고 있구나."

"기사단장을 임명하는 것은 재상인데, 그 재상의 입김이 작용하고 있거든. 그래서 무슨 짓을 해도 벌을 받지 않는 거야."

"재상? 여왕이 아니라?"

"여왕 폐하——소니아 님은 소돔 국왕이 서거하신 후, 실질적으로 국정을 돌보는 권력을 재상에게 빼앗기고 말았어. 재상은 수많은 왕족과 귀족들을 장악하고 있기 때문에 여왕 폐하도 함부로 건드릴 수 없어."

그런 사정이 있었구나.

"본디 왕도의 순찰을 비롯한 치안 유지가 기사단의 본업일 텐데, 루키페스가 이끄는 기사단은 그저 왕족과 귀족만 지키고 있어. 일반 서민은 전혀 상대하지 않는다니까. 그래서 왕도의 치안은 악화 일로를 걷고 있어. 주민들 사이에서 기사단의 평판도 굉장히 안 좋고.

물론 기사단 중에도 현재 상황에 의문을 품고 있는 기사들도 많이 있지만, 루키페스가 수장으로 있는 동안에는 상황이 달라지진 않을 거야."

'그러고 보니' 하고 나는 문득 기억을 떠올렸다.

기사단장이 된 엘자가 이야기해줬었다. 예전의 기사단은 지금과는 전혀 달랐다고. 왕도의 주민들에게 가까이 다가가는 조직은 아니었다고.

그 남자가 기사단장이라면 그럴 만도 하겠구나. 그런 생각이 들었다.

"기사단 내부에서도 귀족 출신과 평민 출신을 노골적으로 차별대우하고 있어. 그런 분위기가 아니었다면 지금쯤 엘자는 훨씬 더 높이 평가받고 있을 거야."

내가 왕도로 상경했을 때——엘자가 기사단장이 된 후에는, 귀족과 평민 사이의 격차는 완전히 사라지고 없었다. 엘자가 철폐한 것이리라.

"그러고 보니 엘자, 넌 모험가가 되기 위해 왕도에 왔었잖아? 그런데 왜 기사단에 입단한 거야?" 하고 메릴이 말했다.

고향 마을에 있던 시절에는 엘자는 모험가가 되고 싶다고 말했었다.

내가 토벌하지 못했던 에인션트 드래곤을 자기 손으로 해치우겠다고 하면서. 그런 목표를 가지고 왕도로 떠났던 것이다.

"그건……."

"아빠처럼 모두를 지켜주는 사람이 되고 싶었던 거잖아?"

안나가 엘자의 속마음을 대변하듯이 말했다.

"마, 맞아요."

엘자는 좀 부끄러워하는 것처럼 고개를 끄덕였다.

"아버님은 고향에 있던 시절에 마을 사람들을 지켜주셨습니다. 그 모습을 보고——저도 왕도 사람들을 지켜주는 사람이 되고 싶다고 생각했습니다."

모험가로서 에인션트 드래곤을 해치우는 것도 목표였다.

그러나 기사단의 기사로 활동함으로써, 왕도 사람들을 지키는 일도 하고 싶다고 생각하게 된 것 같았다.

"그리고 기사단의 상태를 봤을 때 이대로 놔두면 안 되겠다는 생각이 들었습니다. 오직 왕족들이나 귀족들을 위해서만 존재하는 조직이 되어 있었으니까요."

"그래서 자기 힘으로 바꿔보겠다고 생각한 거구나."

엘자는 조용히 고개를 끄덕거렸다.

"제가 기사단에서 공을 세워 위로 올라가서, 그 조직을 내부에서부터 변혁시킬 수 있으면 좋겠다고 생각했습니다."

"참 대단하다니까~. 평소에는 기사로 일하고, 비번인 날에는 모험가 활동도 하고 있잖아? 나 같으면 절대로 못 할 거야~."

"툭하면 수업을 빼먹는 메릴도 엘자를 좀 본받았으면 좋겠다."

"나는 나만의 길을 갈 거거든~? 게다가 내 마법 연구는 제대로 하고 있어."

그러더니 말을 이었다.

"하지만 기사단에서는 귀족이 아니면 출세할 가능성이 없잖아? 그럼 엘자가 기사단장이 되는 것도 불가능하지 않아?"

하기야 귀족을 편애하는 루키페스의 체제에서는, 서민 출신 기사인 엘자가 두각을 나타내기는 어려울 것 같았다.

"다음 달에 다른 나라의 기사단과 대항전을 하기로 했는데요.

제가 그 시합에 나가서 좋은 성과를 거두면 주변 사람들의 평가도 달라질 거라고 생각합니다."

엘자는 그렇게 이야기했다.

"예년 같으면 귀족 출신 기사만 선출됐을 텐데, 올해는 평민 출신 기사도 전원 선발전에 참가할 수 있게 되었거든요."

"아, 맞아. 왕국 기사단이 그동안 계속 완패를 당했으니까, 올해는 어떻게든 꼭 이겨보라고 재상이 압력을 가한 거지."

안나가 그렇게 설명을 해줬다.

"기사단의 실력은 국가의 위신과도 관련이 있으니까. 그런데 그동안 전혀 이기질 못했잖아? 주변 국가 중에서도 우리가 제일 약하고."

"그래?"

"응, 뭐, 그것도 당연하지. 농땡이만 부리면서 제대로 훈련도 안 하는걸. 자존심만 세운다고 저절로 강해질 정도로 이 세상이 만만한 것도 아니고."

다른 나라와의 대항전쯤 되면, 그 승패는 국가의 위신과도 관련된다.

연거푸 지기만 한다면 그만큼 얕보이게 될 것이다.

그러니까 귀족 출신의 기사만 출전할 수 있다――그런 관습을 무시하고서라도, 수단 방법을 가리지 않고 이번에는 반드시 승리를 거머쥐겠다는 것이리라.

"이것은 천재일우의 기회입니다. 제가 모두에게 인정받으려면,

선발전에서 승리한 다음에 대항전에서 좋은 성과를 거두는 수밖에 없습니다."

엘자는 이야기를 계속했다.

"저는 반드시 이길 겁니다."

"엘자, 너라면 틀림없이 괜찮을 거야."

"나도 응원하러 가줄게♪"

"메릴, 넌 학교에나 가."

"아야얏! 귀는 잡아당기지 마!"

우리는 저마다 엘자에게 격려의 말을 건넸다. 엘자가 제 실력을 발휘할 수만 있다면 틀림없이 좋은 성과를 거둘 것이다.

그렇게 생각했다.

선발전 당일.

나는 엘자한테서 결과 보고를 들으려고 여관에서 기다리고 있었다. 날이 저물자 안나와 메릴이 따로따로 찾아왔다.

"아빠~♪ 보고 싶었어~♪"

"아니, 우리는 어제도 만났잖아?"

"하루라도 못 만나면 그게 나한테는 큰 문제인걸! 솔직히 말하면 24시간 내내 같이 있고 싶어."

메릴은 나를 와락 끌어안더니 비비적비비적 몸을 밀착시켰다.

"흐음~ 킁킁, 크응!"

"엘자는?" 하고 안나가 질문을 던졌다.

"아직 안 왔어."
"아하, 주인공은 원래 늦게 등장하는 법이지."
"선발전은 어땠을까~?"
"개는 틀림없이 괜찮을 거야" 하고 안나가 말했다. "배탈이 나거나 예상외의 사태가 일어나지 않는 한."
그 후 한동안 기다렸지만, 엘자는 오지 않았다.
창밖에는 밤의 어둠이 드리웠다. 어둡고 두꺼운 구름이 달을 덮어 가리고 있었다.
이미 기사단의 업무가 끝나고도 남았을 시간이었다.
무슨 일이 있나? 하고 슬슬 걱정하기 시작했을 때.
여관 문에 달린 초인종이 울렸다.
드디어 왔구나——.
우리는 즉시 고개를 돌렸다. 그 시선의 끝——여관의 출입문에는, 형형색색의 채소가 든 봉지를 품에 끌어안고 있는 리즈베스 씨가 서 있었다.
"아, 뭐야. 리즈베스 씨였어?"
"저, 저라서 죄송합니다!"
리즈베스 씨는 꾸벅꾸벅 고개를 숙였다.
"여, 여러분, 다들 여기서 뭐 하세요?"
"오늘은 엘자의 기사단에서 선발전이 열리는 날이거든요. 그래서 그 결과 보고를 들으려고 여기서 엘자가 돌아오길 기다리는 중이에요."

"그런데 아무리 기다려도 안 오네~?"

"저, 저기, 엘자 씨는 아까 밖에서 봤는데요?"

""""?!""""

"제가 시장에 물건을 사러 가는 도중에 스쳐 지나갔는데요…… 저, 그런데 심각한 고민에 빠진 듯한 표정이었어요."

우리는 서로 얼굴을 마주 봤다.

심각한 고민에 빠진 표정이었다고?

그럼 설마——.

"처음에는 용기를 내서 말을 걸어보려고 했지만, 그 표정을 보니까 도저히 말을 걸 만한 분위기가 아니라서……."

거기까지 이야기했을 때, 리즈베스 씨는 우리의 분위기를 눈치채고 깜짝 놀랐다.

"어, 어라?! 순식간에 분위기가 무거워졌는데요……?! 제, 제가 뭔가 안 좋은 말이라도 했나요?"

자신의 발언을 계기로 분위기가 무거워졌다고 생각해서 책임감을 느낀 걸까. 리즈베스 씨는 허둥거리고 있었다.

"이런 때에는 어쩌면 좋을지…… 아, 그, 그래요! 분위기가 밝아지도록 제가 이 한 몸 바쳐서 재미있는 개인기라도 보여드리면……?!"

"잠깐 나가서 상황을 살펴보고 올게. 다들 여기서 기다려줘."

나는 그렇게 말하고 뛰쳐나갔다.

"카, 카이젤 씨?! ——저기요! 카이젤 씨가 없을 때 따님들과 같이 있는 것은, 저처럼 낯가림이 심한 사람한테는 너무 부담스러운 일이라고나 할까요……!"

"우리는 여기서 기다리고 있을게~."

그러더니 메릴은 말을 이었다.

"리즈베스 씨의 재미있는 개인기도 감상해야 하니까."

"네?"

"보여줄 거지? 엄청나게 재미있는 개인기."

"네에엣~?!"

장난스럽게 히죽 웃는 메릴. 리즈베스 씨는 오들오들 떨었다.

나는 문을 열고 가면을 썼다. 그리고 다른 사람들을 남겨둔 채 밖으로 뛰쳐나갔다.

한동안 계속 달리고 있는데, 도중에 물방울이 피부에 톡 하고 닿았다.

비가 내리기 시작하나 보다.

은색 실을 길게 늘어뜨리면서 떨어지는 빗방울은 눈 깜짝할 사이에 돌바닥을 온통 어둡게 물들였다. 투둑투둑 물방울이 부딪쳐 튀는 소리가 울려 퍼졌다.

뿌연 비안개로 뒤덮인 왕도에서 나는 엘자를 찾아 이리저리 돌아다녔다.

큰길을 따라 달리다가 중앙에 있는 광장을 살펴보고, 노점들이 늘어서 있는 구획을 지나쳐 갔다. 그러나 어디서도 엘자의 모습은 발견되지 않았다.

──도대체 어디 있는 걸까.

입고 있는 옷이 비에 푹 젖어버리고, 머리카락에서 물방울이 뚝뚝 떨어질 무렵.

나는 간신히 엘자를 찾아냈다.

주택가 한구석──현대의 우리가 살고 있는 집 근처──인적 없는 골목길의 어느 툭 튀어나온 처마 밑에 엘자는 가만히 앉아 있었다.

"이런 곳에 있었구나."

"……아버님."

무릎을 끌어안고 앉아 있던 엘자는 힘없이 고개를 들었다.

"이러면 몸이 차가워지잖아. 감기 걸리겠다."

"……괜찮아요. 그러는 아버님이야말로……."

"완전히 물에 젖은 생쥐가 되어버렸지" 하고 나는 쓴웃음을 지었다. "뭐, 가끔은 동심으로 돌아가기 위해서 비 내리는 거리를 뛰어다니는 것도 나쁘진 않아."

나는 엘자 옆에 나란히 앉았다. 그리고 기회를 보다가 말을 꺼냈다.

"선발전. 잘 안됐니?"

"……네."

엘자는 무릎을 끌어안은 채 중얼거렸다.

"기사단에서 유일하게 저 혼자만 선발전에 참가하는 것을 허락받지 못했어요."

리즈베스 씨의 이야기를 들었을 때부터 예상했었다. 결과가 좋지 않았다는 것은.

하지만 설마 참가도 못 했을 줄은 몰랐다.

"일전에 루키페스 단장님 앞에서 칼을 뽑았던 사건이 영향을 준 거겠지요. 선발전에 참가하는 것 자체가 금지되고 말았어요."

엘자는 무릎을 꽉 끌어안고 고개를 숙였다.

"……기사단에 입단한 다음부터 쭉, 아무에게도 인정받지 못했어요. 서민 출신 기사라는 이유도 있을 테지만, 제가 여자라서 경시되는 경우도 많이 있었습니다. 여자는 기사가 될 수 없다고 저에게 대놓고 말하는 사람도 있었어요."

"…………."

"너무 분해서, 보란 듯이 성공하고 싶었습니다. 성공해서 그들의 코를 납작하게 해주고 싶다――아니, 그 이상으로, 그들이 나를 인정하게 만들고 싶었습니다. 그래서 매일 열심히 훈련에 임했습니다. 언젠가 그 노력이 보답받는 날이 올 거라고 믿으면서."

코가 시큰해졌다. 비 냄새가 강해졌다.

빗발이 거세지고 있었다. 돌바닥이 물안개로 흐려졌다.

"이번 대항전은 천재일우의 기회였습니다. 선발전에서 이겨서 실력을 보여주면, 주변 사람들이 저를 보는 시선도 달라질지도 모른다고 생각했습니다. ……하지만 그 기회를 놓쳐버렸어요. 훈련의 성과를 보여주는 것조차 할 수 없었습니다."

엘자는 검을 빼앗기고 말았다.

기사로서 싸우는 것조차 허락받지 못했다.

"……루키페스 단장님이 기사단장으로 있는 한, 앞으로 제가 아무리 절차탁마를 계속하더라도 그 노력이 빛을 볼 날은 영원히 오지 않을 것입니다."

엘자는 루키페스에게 찍혔다. 앞으로도 계속 냉대를 받을 것이다. 성과를 내기 위한 무대 자체에 올라가지 못할 정도로.

"……보답받지 못할 노력을 계속할 정도로 저는 강한 사람이 아니에요. ……이제는 앞으로 어떻게 하면 좋을지 모르겠어요."

평소에는 다부지게 행동하던 엘자가 처음으로 약해진 마음을 토로하고 있었다. 희망이 없는 싸움 앞에서 좌절해버린 것 같았다.

가능하다면 알려주고 싶었다.

——걱정하지 마. 엘자. 넌 내가 있는 미래에서는 이미 기사단장이 되었으니까. 언젠가 보답을 받는 날이 올 거야.

하지만 그 사실을 가르쳐주는 것은 미래를 왜곡시키는 행위일 것이다.

부모로서는 딸을 도와주고 싶었다.

단, 내가 할 수 있는 일과 할 수 없는 일이 있었다.

예를 들어 부모인 내가 나서서 루키페스를 때려눕혀 개과천선하게 만든다——그런 식으로 문제를 해결할 수 있을 정도로 이 세상이 단순하지는 않았다.

일단 사회인이 되었다면 자기 힘으로 문제를 극복해야 한다.

내가 해줄 수 있는 일은 그저 뒤에서 그 등을 밀어주는 것뿐이다.

“엘자, 나와 대련하지 않을래?”
“네?”
“오랜만에 칼을 맞대고 싶구나. 기사단의 실내 연병장이라면 이렇게 비가 내려도 대련을 할 수 있을 거야.”

우리는 기사단 연병장으로 갔다.
실내 연병장은 밖에서 아무리 비가 내려도 상관없었다.
“아버님은 어떻게 아셨어요? 기사단 연병장에 실내 시설이 있다는 것을. 외부에는 공개되지 않은 사실인데요.”
“어, 그냥, 어쩌다 보니.”
기사단 교관으로 일하고 있어서 그렇다는 말은 할 수 없었다.
나는 연병장에 비치된 목검을 집어 들어, 그중 한 자루를 엘자에게 건네줬다.
우리는 서로 거리를 두고 마주 섰다.
“기분이 우울할 때 가만히 있으면 오히려 더 침울해지는 법이야. 아무 생각도 못 할 정도로 땀을 잔뜩 흘리는 게 나아.”
나는 그렇게 말하고 목검을 똑바로 들었다.
“사양하지 말고 덤벼봐.”
“알겠습니다. ――갑니다!”
엘자는 목검을 들어 올리고 힘차게 바닥을 박찼다. 거리를 확 좁히면서 이쪽으로 뛰어들더니 아주 과감하게 검을 휘둘렀다.
나는 똑같이 목검으로 그 검을 받아냈다.

엘자는 나의 방벽을 부수기 위해 폭풍우처럼 연속으로 검을 휘둘렀다.

한시도 쉬지 않고 줄기차게 맹공을 퍼부었다.

수많은 방식의 공격. 그런데 그 공격은 일변도가 아니라 다채로웠다. 레퍼토리가 다양한 것이다. 일격을 성공시키기 위해 온갖 방법을 시도하고 있었다.

"훌륭한 공격이야. 그런데 수비 쪽은 어떨까?"

엘자의 공격을 받아낸 직후.

나는 약간의 빈틈을 정확히 찌르듯이 목검을 휘둘렀다.

"——?!"

허를 찌르는 공격에도 엘자는 제대로 반응했다.

"좋은 반응이야."

공수 교대——이번에는 내가 공격 태세로 전환했다.

목검을 휘둘러 엘자에게 일격을 먹이려고 했다. 종횡무진으로 날아드는 검. 그러나 엘자는 그 모든 것을 훌륭하게 처리했다.

좀 전에 맹공을 퍼부었음에도 불구하고 아직 지친 기색도 보이지 않았다. 그 날카로운 움직임은 건재했다. 틀림없이 평소에 달리기 훈련을 열심히 한 덕분일 것이다.

"크윽! ……아버님의 칼놀림——너무 완벽해서 빈틈이 없어요……! 반격의 실마리가 될 만한 허점이 전혀 안 보여요……."

하지만 공격으로 넘어가지 않으면 언젠가는 수세에 몰리다 패배할 것이다. 그것은 내가 아직도 땀 한 방울 흘리지 않는 것을 보고, 엘자도 깨달았을 것이다.
자, 어떻게 할래?
"하지만 저는 포기하지 않아요! 저의 전력을 다해——아버님과 싸우겠습니다!"
엘자의 눈동자에는 결사적인 각오의 빛이 깃들었다.
엘자는 내 공격을 받아내지 않고 휙 피했다.
이거다.
검사로서 엘자의 뛰어난 부분.
내 칼의 궤적을 예비 동작 단계에서 예상하고, 이판사판으로 과감하게 피한 것이다.
공격 태세로 전환하기 위해.
그것은 자칫하면 직격타를 입을 수도 있는, 살얼음판을 걷는 듯한 행위였다.
그러나 자기보다 더 강한 상대를 이기기 위해서는 필요한 일이었다.
이렇게 엘자는 위험을 무릅쓰는 과감함이 있었고, 또 이를 보완하는 탁월한 신체 능력과 반사 신경도 있었다. 일류 검사로서 필요한 요소를 이미 갖추고 있다.
하지만 아직은 불완전했다.
"——앗?!"
엘자가 반격으로 넘어가려고 검을 높이 치켜든 순간——그 눈앞에는 벌써 다음 공격 동작을 취하는 내 모습이 있었다.

"이럴 수가——어떻게?! 너무 빨라……!"

"네가 검을 겨누는 시간. 그 정도 시간이면 내가 다시 공격 태세에 돌입하기에는 충분해. ——미안하지만 여기서 끝내주마."

내가 목검을 휘두르자, 정확히 가격당한 엘자의 목검이 허공으로 높이 날아올랐다. 그것이 지면에 떨어짐과 동시에 엘자도 무릎을 꿇었다.

"내가 이겼구나."

바닥에 무릎 꿇은 엘자는 힘없이 미소를 지었다.

"……아버님은 아직도 여력이 남아 있으신 것 같네요. 저의 온 힘을 다한 맹공을, 아버님은 진짜 실력의 절반도 안 되는 힘으로 막아내셨잖아요. 역시 굉장하십니다."

"어때, 조금은 속이 풀렸니?"

나는 지면에 떨어진 목검을 주웠다. 그리고 그 칼자루 부분을 엘자에게 내밀었다.

"훌륭한 검술이었어."

이어서 나는 내 생각을 말했다.

"검의 기량도, 몸놀림도, 체력도. 전부 다 고향에 있을 때보다 훨씬 더 좋아졌어. 네가 왕도에 오고 나서도 날마다 열심히 훈련했다——그 사실은 확실히 알 수 있었어. 게으름을 피운 사람이라면 그렇게 싸울 수는 없거든."

눈을 크게 뜨는 엘자에게 나는 이렇게 이야기해줬다.

"노력은 반드시 보답받는다고 할 수는 없어. 하지만 노력은 거짓말을 하지 않아. 엘자, 네가 그동안 했던 노력은 나한테는 확실하게 전해졌어."

그동안 검술에 열중했던 시간의 양과 질.

그것은 그 무엇보다도 웅변적이었다.

"남에게 인정받는 것도 중요하지. 하지만 '그것이 전부다'라고 생각하면 괴로워질 거야. 타인의 마음은 내 마음대로 되진 않거든. 자기 나름대로 최선을 다해 계속 노력한다. 스스로 자신 있게 자신의 가치를 인정할 수 있을 정도로. 우리가 할 수 있는 일은 오직 그것밖에 없어."

"그리고" 하고 말을 이었다.

"기사단 녀석들이 너를 인정하지 않아도, 나는 너의 노력을 인정한다. 네가 얼마나 노력했는지는 내가 앞으로도 쭉 지켜볼 거야."

손으로 엘자의 머리를 가볍게 쓰다듬으면서 미소를 지었다.

"자, 그렇게 생각하면 조금이나마 의욕이 생기지 않니?"

"……아버님."

엘자는 작게 중얼거리더니 천천히 칼자루를 받았다.

"……그러면, 게으름은 피울 수 없겠네요."

부드럽게 웃으면서 손에 든 목검의 칼자루를 꽉 쥐었다.

그 칼을 품에 안고 고개를 들더니.

내 눈을 똑바로 바라보면서 말했다.

"……조금만 더, 열심히 노력해볼게요."

"그래."

엘자의 눈동자 속에 다시 의지의 빛이 되살아났다.
'게다가' 하고 나는 속으로 중얼거렸다.
좌절하지 않고 자기 나름대로 불철주야 꾸준히 노력하다 보면, 그 노력을 알아봐주는 사람도 의외로 나타나는 법이다.

바겐슈타인 기사단 소속 기사——카밀은 다른 기사들과 함께 왕도의 술집에 와 있었다.
다른 나라와의 대항전——그것을 위한 선발전의 뒤풀이 때문이었다.
나머지 기사들은 미친 듯이 술을 퍼마시면서 다른 손님에게 폐 끼치는 것도 생각하지 않고 야단법석을 떨고 있었지만, 카밀은 홀로 착 가라앉은 기분을 느끼고 있었다.
선발전을 통해 선발 기사가 결정됐다.
기사단장 루키페스가 선출한 것은 전부 다 귀족 출신 기사였다. 이번에는 평민 출신 기사도 선발전에 참가할 수 있게 되었는데도 말이다.
귀족 출신 기사의 실력이 특별히 뛰어난 것은 아니었다. 이번에 선발된 기사보다 실력이 더 나은 평민 출신 기사도 있었다.
——적어도 나보다는 더 나은 기사 말이다.
카밀도 귀족 출신 기사였다.
그는 스스로 알고 있었다. 자신은 그 대항전에 출전할 정도로 실력이 좋진 않다는 것을.

루키페스 단장은 귀족을 편애하고, 평민 출신 기사를 냉대하고 있었다. 카밀이 선발된 것도 귀족 출신 기사이기 때문일 것이다.

대항전은 기사단의 위신과 관련된 싸움이다.

거기서 꼴사납게 패배하면 기사단의 얼굴에 먹칠을 하게 되는 것은 물론이고, 이 나라 전체가 다른 나라에도 얕보이게 된다.

바겐슈타인 기사단은 매년 연이어 참패하고 있었다. 주변 국가들의 기사단에 '장식용 허수아비'라고 비웃음을 사는 형편이었다. 그러니까 올해는 기필코 그들에게 본때를 보여줘야 했다. 그러기 위해서는 출신보다 실력을 우선시해서 선수를 뽑을 필요가 있었다.

그런데도 루키페스 단장은 귀족 출신 기사들을 골랐다. 조국이나 기사단의 위신보다도, 자기의 자존심을 지키는 것을 우선했다.

어린 시절에 카밀은 기사를 동경했다.

명예와 긍지를 그 무엇보다도 중시하고, 주군과 왕도 사람들을 지키기 위해 용감하게 싸운다. 자신도 그런 고결한 기사가 되고 싶다고 생각했다.

그래서 기사단에 입단했다.

하지만 실제로 입단하니 그 내부 실상은 전혀 달랐다.

기사단장인 루키페스는 왕족과 귀족 이외의 인간은 다 무시했다. 서민들에게는 아예 눈길도 주지 않았다.

마음에 안 드는 서민이나 부하한테는 가차 없이 칼을 휘둘렀다.

그러면서 또 재상이나 왕족 앞에서는 착한 사람인 척하고 있으니——강자에게는 약하고 약자에게만 강한, 전혀 기사답지 않은 사람이었다.

다른 기사들도 마찬가지였다.

평소에 훈련은 게을리하고 오로지 술이나 놀이에만 관심을 가졌다.

향상심을 잃어버린 채 어떻게든 일을 편하게 할 궁리만 하면서, 하루하루를 나태하게 보내는 데 심혈을 기울이는 녀석들밖에 없었다.

물론 그중에는 향상심을 갖고 있는 성실한 기사도 있었다. 그러나 시간이 흐르자, 주위의 타락한 녀석들에게 영향을 받아 그쪽으로 편입되었다.

지금도 그랬다.

자신과 마찬가지로 선수로 선발된 귀족 출신 기사들은 자기들의 실력이 부족하다는 것을 알면서도, 그 점에는 신경도 쓰지 않고 떠들썩하게 놀고 있었다.

그저 술, 노름, 여자 이야기만 하면서.

구역질이 날 것 같았다.

그중에서도 특히——.

그런 녀석들에게 물든 자기 자신이 가장 역겨워서 구역질이 났다.

과거에 동경했던 것을 잊어버리고, 어느새 훈련에 대한 의욕도 잃어버려서 그저 세월만 보내게 되었다.

자기혐오에 빠진 척하면서도 실제로는 '난 다른 녀석들보다는 그나마 반성이라도 하니까 나은 편이야' 하고 스스로 위로하고 있으니까. 그런 자신이 너무나 추했다.

기사들과의 뒤풀이가 끝난 후, 카밀은 2차도 가자는 권유를 거절하고 홀로 집에 돌아가기로 했다.

더 이상 그 자리에 있으면 정신이 나갈 것 같았다.

머릿속의 답답한 생각과 취기를 좀 없애보려고 멀리 돌아서 집에 가기로 했다. 그러다가 기사단의 연병장 앞을 지나가게 되었다.

무슨 소리가 들렸다.

바람을 가르는 듯한 소리였다.

――누가 있나?

이미 밤늦은 시각이었다. 날짜도 바뀌기 직전이었다. 카밀은 연병장으로 다가가 그 안의 상황을 조심조심 살펴봤다.

안에 사람이 있었다.

――저 사람은…….

그곳에 있는 사람은, 머리카락과 같은 은백색 갑옷을 입은 여기사.

엘자였다.

――이렇게 늦은 시각까지 훈련하고 있었던 건가.

바로 며칠 전이었다.

서민 출신 기사인 엘자는 루키페스 단장의 심기를 건드렸다.

그 결과 기사단에서 유일하게 선발전 참가를 금지당하고 말았다.
그때는 심지가 강한 엘자도 좌절한 것 같았다.
카밀은 내심 엘자를 아니꼽게 여겼다.
이미 왕족이나 귀족의 심부름꾼으로 변해버린 이 기사단 내에서, 엘자는 일반 시민들을 지키기 위해 최선을 다하고 있었다. 주변 사람들의 눈총을 받아도 아랑곳하지 않고 그런 자세를 관철하고 있었다. 그것은 자신이 과거에 동경했던 기사의 모습 그 자체였다. 그게 마음에 안 들었다.
시민을 지키기 위해서 루키페스 단장을 향해 칼을 뽑았다는 소식을 들었을 때는 깜짝 놀랐다.
어쩜 그렇게 어리석은 짓을 했을까. 어처구니가 없었다.
그 결과 엘자는 루키페스 단장한테 찍혀서 찬밥 신세가 되었다. 두 번 다시 기사단 내에서 출세할 기회를 얻지는 못할 것이다.
불쌍하기도 했지만, 한편으로는 속이 시원하기도 했다.
이로써 엘자는 지금까지와 같이 행동하지는 못할 것이다. 지금까지 유지했던 고결한 기사의 영혼은 이제 절망으로 더럽혀져 타락할 것이다.
그렇게 생각했었다. 그런데.
엘자는 전혀 기죽지 않고 이렇게 늦게까지 열심히 훈련하고 있었다.
목검을 손에 든 엘자는 무념무상으로 검을 휘두르고 있었다. 그 모습을 본 카밀은 저도 모르게 경탄했다.

——이 얼마나 아름다운 칼솜씨인가.

그 모든 동작에는 군더더기라곤 하나도 없었다.

그저 일편단심으로 계속 검과 대면한 사람에게만 깃드는 신성함이 있었다. 그리고 그것은 자신이 가지지 못한 것이었다.

엘자가 모험가로서 두각을 드러내기 시작했다는 것은 알고 있었다.

하지만 기사단 내에서는 무시당하는 입장이기도 해서, 엘자가 검을 휘두르는 모습을 관심 있게 본 적은 없었다.

설마 이 정도로 굉장할 줄은 몰랐다.

엘자의 검 휘두르기 연습을 보고 있자니 취기가 급속히 사라지는 것을 느꼈다. 그 대신 강렬한 수치심이 솟구쳐 올랐다.

엘자가 검 훈련에 열중하는 동안에 자신은 다른 기사들과 함께 술을 마시고 훈련을 게을리했다. 그런 자기 자신에 대한 수치심이었다.

——여자니 뭐니 하는 것은 관계없다. 엘자는 진짜 기사였다. 자신이 어릴 적부터 동경했던 이상적인 기사 그 자체였다.

나는 엘자 같은 기사가 되고 싶어서 기사단에 들어왔었다.

오랫동안 잊고 살았던 마음이 급속도로 되살아났다.

정신을 차려 보니 발이 움직이고 있었다.

카밀은 엘자에게 조심스럽게 말을 걸었다. 그리고 같이 훈련하게 해 달라고 부탁했다. 지금부터 해봤자 이미 늦었을지도 모른다. 이상적인 기사가 되기에는 자신의 영혼에는 군살이 너무 많이 붙었을 것이다. 하지만 아무것도 안 할 수는 없었다. 그랬다가는 정말로 자신은 끝장 나버릴 것 같았다.

엘자는 한순간 당황한 듯한 표정을 지었지만, 곧 쾌히 승낙해 줬다. 누구에게나 공평하게 보여주는 성실한 미소를 띠면서.

다음 날부터 카밀은 엘자와 함께 늦게까지 훈련했다. 같이 술을 마시거나 놀러 가자는 권유는 모조리 거절했다. 다른 기사들은 왜 그렇게 사교성이 없냐? 하고 불만스러워했다. 하지만 이 일로 그들과의 사이가 틀어진다면 그래도 상관없었다.

오로지 땀을 흘리면서 무념무상으로 검을 휘두른다.

근무 시간 외에 추가로 하는 훈련은 괴롭고 힘들었다.

하지만 충실했다.

자신의 영혼에 들러붙었던 더러움이 조금씩 벗겨져 나가는 느낌이 들었다. 당연히 그러해야 할 이상적인 모습에 점점 다가가는 것을 실감할 수 있었다.

카밀과 엘자가 훈련을 시작한 지 얼마 후. 기사 몇 명이 훈련에 끼워 달라고 말을 걸었다.

카밀과 엘자가 밤마다 남몰래 검을 휘두른다는 것은 기사단 내에서도 소문이 나 있었다.

그들에게 말을 걸어준 사람은 대부분 서민 출신 기사들이었다.

그러나 그중에는 귀족 출신 기사도 있었다.

모두 속으로는 자기 자신을 부끄러워하고 있었던 것이리라. 이대로 있으면 안 된다. 그런 생각을 가슴속에 품었는데도 아무것도 못 하고 있었다.

그런데 이때 왕도의 주민들을 위해 최선을 다하던 엘자가 냉대받게 되었고, 그런데도 좌절하지 않고 검을 계속 휘둘렀다. 그 모습을 보자 그들도 가만히 있을 수 없게 된 것이다.

그렇게 동료가 되고 싶다고 나선 사람 중에는, 처음에는 엘자를 비웃었던 사람도 있었다. 하지만 엘자는 그 누구도 거부하지 않았다. 관용의 마음으로 모두를 받아들였다.

카밀은 그런 엘자의 모습을 보고 생각했다. 엘자는 지도자가 될 만한 그릇이라고. 많은 사람을 끌어당기는 구심력을 가지고 있다고.

——엘자가 기사단장이 된다면 기사단도 달라질지도 모른다.

서민 출신 기사가 기사단장이 된 사례는 지금까진 없었다. 심지어 여자가 기사단장 자리에 오른다는 것은 더욱 상상하기 어려웠다.

아마 반대하는 사람이 많을 것이다.

하지만.

적어도 자신은 엘자를 따를 것이라고 생각했다.

왕도의 아침.

연병장에는 기사단 사람들이 모여 있었다.

기사단장 루키페스가 험악한 얼굴로 기사들에게 말했다.

"다음 주에 있을 대항전에 대비해 훈련을 강화한다. 올해는 절대로 지면 안 된다. 내 얼굴에 먹칠을 하지 마라."

엘자는 다른 기사들과 함께 그 말을 듣고 있었다.

자신과는 상관없는 이야기였다.

예전 같으면 풀이 죽었을지도 모른다.

하지만 지금은 다르다.

인정받지 못했다고 해서 낙담하진 않는다.

단지 자신이 할 수 있는 일을 조용히 해나갈 뿐이다.

게다가 아무도 자신을 봐주지 않는다 해도, 적어도 아버님은 자신의 노력을 지켜봐 주신다. 그렇다면 그것을 위해 날마다 노력할 것이다.

"그 건에 관해서 말입니다만."

그때 카밀이 입을 열었다.

"다시 한번 선발 멤버를 재고해주실 수 없겠습니까?"

"뭐?"

"대항전에 출전하기에는 저의 실력이 부족하다고 생각합니다. 승리를 목표로 한다면, 저보다 더 적합한 인재가 있을 겁니다."

주위에 있는 기사들이 술렁거렸다.

대항전에 출전한다는 것은 기사단의 기사에게는 명예로운 일이었다. 그 권리를 스스로 포기하려고 하다니, 남들이 동요하는 것도 당연했다.

"……흥. 그 적합한 인재란 게 누구냐?"

"저는 엘자를 추천하겠습니다."

주위의 술렁거림이 한층 더 커졌다.

호기심 어린 목소리, 경악한 목소리, 불안해하는 목소리가 뒤섞여 나왔다.

엘자도 마찬가지로 놀랐다.

"네놈도 봤을 텐데. 나는 그 녀석이 선발전에 참가하는 것을 금지했다. 한데 그런 녀석을 대항전에 출전시키라고?"

"네. 그래도 엘자의 실력은 확실합니다. 저 같은 놈과는 비교도 안 됩니다. 엘자는 승리를 견인하는 중요한 전력이 되어줄 겁니다."

"또한" 하고 카밀은 말을 이었다.

"대항전에 출전하는 기사는 무용뿐만 아니라 고결함도 갖춰야 합니다. 엘자는 언제나 그 누구보다도 완벽한 기사로서 살아왔습니다."

"그 녀석을 꽤 높이 평가하는 모양이군."

루키페스가 차갑게 쳐다봤다. 그 시선을 받으면서 카밀은 내심 자조했다.

이전에는 절대로 이런 말은 입 밖에 내지 않았다.

루키페스 단장의 심기를 거슬렀다가는 자기 입장이 안 좋아질 테니까. 겁먹어서 그냥 입 다물고 있었을 것이다.

그러나 엘자와 함께 꾸준히 훈련하는 동안에 자신은 달라졌다.

어릴 때 동경했던 이상적인 기사라면 틀림없이 이렇게 할 것이다. 자기 뜻을 꺾지 않고, 압력에도 굴하지 않고 맞서 싸울 것이다.

그리고 엘자를 절망하게 만들 수는 없었다.

엘자는 언젠가는 기사단장이 될 만한 그릇이다. 이 기사단을 바꿔줄 수 있는 사람이다. 그런 사람을 이대로 억압당한 채 무너지게 놔둘 수는 없었다.

"저도 같이 부탁드리겠습니다!"

호응하듯이 다른 기사가 한 발 앞으로 나섰다.

"엘자를 출전시켜주십시오!"

"저도 엘자를 추천합니다."

또 다른 기사가 입을 열었다.

이를 계기로 몇몇 기사들이 잇따라 소리 내어 엘자를 추천했다.

그들은 모두 다 엘자와 함께 열심히 훈련하는 사람들이었다. 그들도 카밀의 모습을 보고 가만있을 수 없게 되었던 것이리라.

"여러분……!"

엘자는 그 장면을 보고 경악했다.

아무도 자신을 인정해주지 않는다고 생각했다.

하지만 그게 아니었다.

자신의 노력을 봐주는 사람이 이렇게나 많이 있었던 것이다.

"네놈들은 요새 밤마다 연병장에서 엘자와 같이 노는 것 같더구나. 흥. 같이 있다 보니 묘한 정이라도 생긴 거냐?"

루키페스는 코웃음을 쳤다.

"자신의 공적을 양보하면서까지, 자신이 인정한 사람에게 기회를 준다. 훌륭한 기사도 정신이 아닌가. 감동해서 눈물이 날 정도야."

그리고 그 눈에 사악한 빛이 번뜩였다.

"하지만 기사단장인 나에게 감히 말대꾸하다니——그 사실은 간과할 수 없다. 기사단의 계율을 어기는 자는 숙청할 수밖에 없어."

""""?!""""

루키페스가 칼을 뽑자, 그 모습을 본 기사들은 놀라서 숨을 들이켰다. 루키페스는 진심이었다. 지금 이 자리에서 이들을 베어버릴 작정이다.

기사들의 얼굴은 창백해졌다. 갑옷을 입었는데도 눈에 띌 정도로 몸이 떨리고 있었다.

"자, 잠깐 기다리십시오!"

그때 엘자가 황급히 소리 높여 말했다.

"무례를 저질렀다면 제가 대신 사과하겠습니다! 부디 이 사람들을 용서해주십시오!"

"내 결정에 이의를 제기하는 자는 누구든지 베어버린다. 지금 나에게 말대꾸를 한 네놈도 예외는 아니야."

"……!"

살기가 흘러넘쳤다.

엘자는 허리에 찬 검의 자루에 손을 가져갔다. 맞서 싸우는 수밖에 없다. 하지만 그렇게 하면, 이번에야말로 더 이상 기사단에 있지 못하게 될 것이다.

그동안 노력해서 쌓아왔던 것이 전부 다 무너질 것이다.

——하지만, 그렇다 해도.

이 사람들을 저버리는 것보다는 차라리 그게 낫다.

이 사람들은 자신의 처지가 불리해지는 것까지 각오하고 나를 추천했다. 이 사람들을 지키지 못한다면, 기사단에 남아 있어 봤자 의미가 없다.

나는 내가 옳다고 생각한 일을 행할 것이다——.

이쪽으로 성큼 다가오는 루키페스를 향해 엘자는 검을 뽑으려고 했다. 그런데 그 순간.

"아니, 좀 기다려 봐."

돌연 누군가의 목소리가 끼어들었다.

루키페스의 움직임이 딱 멈췄다. 그는 그곳에 서 있는 인물을 보더니 경악하여 눈을 휘둥그렇게 떴다.

"고르곤 재상님……."

뚱뚱하게 살이 찐 중년 남성이었다.

호사스러운 금 자수가 들어간 로브를 걸치고, 가슴팍에는 문장(紋章)이 그려진 장식용 띠를 세로로 두르고 있었다.

그리고 양손 손가락에는 눈살이 찌푸려질 정도로 큼직한 보석 반지를 끼고 있었다.

그 남자——고르곤 그랜허트는 이 나라의 재상이었다.

본디 궁정 마술사 출신인데 거기서부터 재상의 자리에까지 올라간 것이다.

루키페스를 기사단장으로 임명하고, 선대 소돔 왕이 서거한 뒤

실질적으로 나라의 권력을 손에 넣었다고 알려진 남자.

그런 권력자가 갑자기 출현하자, 기사들은 물론이고 기사단장인 루키페스도 긴장한 표정을 지었다.

고르곤은 지방이 덕지덕지 붙은 턱을 여유롭게 만지작거리며 말했다.

"그 기사——엘자라고 했나? 상당히 인망이 있는 것 같은데. 단순히 외모가 괜찮다는 이유만으로는 이런 지지를 받지 못할 테지."

그는 엘자에게 시선을 돌리더니 이어서 루키페스를 봤다.

"이 사람이 그에 걸맞은 실력을 가지고 있다면 당연히 선발해야 할 터. 다음 주로 다가온 대항전에서 이길 마음이 있다면 말이지."

"하지만……."

"불만인가?"

"아, 아뇨……."

"그래. 너를 기사단장으로 임명한 사람은 바로 나다. '하지만'? '그래도'? 네가 그런 말을 할 수는 없지. 내 지시에 대해서는 고개를 끄덕이는 것 말고는 선택의 여지가 없어."

그러더니 고르곤은 이어서 말했다.

"하지만 실력 없는 자를 선발해봤자 의미가 없지. 그러니까 이렇게 하자. 지금 당장 이 여자와 네가 시합을 하는 거다. 거기서 이 여자가 단 한 번이라도 공격에 성공한다면, 이 여자를 선발한다. 그러면 어떻겠나?"

고르곤은 루키페스를 부추기듯이 말했다.

"이 기사단에서 너에게 일격을 먹일 정도로 강한 사람은 없다. 그런 일에 성공한다면, 기사단의 대표가 될 자격이 있다. 안 그런가?"

"……제가 한 대도 맞지 않고 이긴다면, 이 녀석을 대항전에는 출전시키지 않는다. 그렇게 해석해도 되겠습니까?"

"그건 네 마음대로 해도 돼."

고르곤은 코웃음을 쳤다.

"추천한 기사들을 모조리 쫓아내거나 칼로 베어도 된다. 힘도 없는 주제에 시끄럽게 구는 녀석은 있어 봤자 소용없으니까."

"……알겠습니다."

"최근에 우리 기사단은 연전연패를 거듭하고 있어. 올해도 또 진다면 틀림없이 우리나라의 위신이 떨어질 것이다.

이 대항전은 다른 나라와의 모의전이나 마찬가지야. 힘이 약하다고 판단되면, 언젠가는 침략을 당할 거야.

그러니까 무조건 수단 방법을 가리지 않고 승리를 거둬야 해. 그걸 위해서라면 악마한테 영혼을 팔아도 된다."

루키페스는 고르곤의 말을 듣고 고개를 끄덕이더니 엘자를 돌아봤다. 그리고 낮게 깔린 목소리로 고했다.

"자, 방금 들은 바와 같다. 네놈은 지금부터 나와 일대일로 시합을 하게 될 것이다. 네가 일격이라도 성공시킨다면 너를 대표로 출전시켜주마."

"단" 하고 그는 말을 이었다.

"만약에 성공시키지 못한다면, 네놈들은 끝장이다."

"…………."

엘자는 조용히 고개를 끄덕였다.

지금 자신은 기사들의 운명까지도 짊어지고 있었다. 만약에 단 일격도 성공시키지 못한다면 그들은 모두 파멸의 길을 걷게 될 것이다.

하지만 당장은 어떻게든 살아남았다.

일격을 성공시킨다면 대항전에 출전할 수 있다. 그리고 공을 세워서, 기사단 내에서의 자기 입장을 바꿀 수 있을지도 모른다.

"분명히 말해두마. 나는 절대로 봐주지 않을 거다. 너 같은 서민 출신, 그것도 여자한테 내가 한 대 맞는다는 것은 있을 수 없는 일이야."

루키페스는 목검을 똑바로 들더니 온몸에서 검기를 발산했다.

"전력을 다해 박살 내주마——이 날벌레야."

기사들은 그 기백에 압도되어 주춤하면서 몸을 뒤로 젖혔다.

그러나 엘자는 조금도 동요하지 않았다. 호수의 수면처럼 고요한 마음으로 그저 눈앞에 있는 루키페스와의 대결에 집중했다.

왕도에 오고 나서 확실히 알게 된 사실이 있었다.

고향에 있던 시절에는 '왕도에는 아버님과 비슷하거나 그보다 더 강한 검사가 있을지도 모른다'라고 생각했었다. 어차피 자신은 우물 안 개구리에 불과하다고 생각한 것이다.

하지만 그게 아니었다.

아버님 같은 검사는 왕도에 단 한 명도 없었다.

기사단장도 예외는 아니었다.

——아버님에 비하면 완전히 별것도 아니야.

괜찮아.

평소 아버님과 대련했던 것을 떠올려 보면, 틀림없이 일격을 성공시킬 수 있을 거야. 나는 세계 최강의 검사와 매일 싸워왔으니까.

"——자, 갑니다!"

엘자는 목검을 들어 올렸다. 그리고 두려움 없이 앞으로 발을 내디뎠다.

날이 저문 후. 여관 식당에는 딸들이 모여 있었다.

내가 주방에서 만든 스튜와 파이를 리즈베스 씨가 테이블로 가져간다. 그 손놀림은 아직은 좀 위태롭지만 그래도 충분히 봐줄 만했다.

오늘은 승리를 축하하는 파티가 열렸다.

"자, 그럼 엘자가 선발된 것을 축하하면서——건배!"

안나가 선창하자 다 함께 잔을 부딪쳤다.

뭐, 그래 봤자 딸들은 아직 열다섯 살이라서 잔 속에는 포도 주스가 들어 있었지만.

"아무튼 대단하구나, 엘자" 하고 나는 첫 잔을 비우고 나서 말을 꺼냈다. "기사단장과 대결해서 이기다니."

"그것도 그냥 이긴 게 아니라 압승이었다고, 압승!"

안나가 그렇게 말했다.

"그동안 실컷 깔보고 있었던 엘자한테 흠씬 두들겨 맞았잖아? 루키페스, 그놈의 체면이 완전히 구겨진 거지."

꼴좋다! 하고 기분 좋게 잔을 기울이는 안나.

엘자는 대항전 선발 멤버 자리를 걸고 기사단장 루키페스와 시합을 했다.

일격을 성공시키면 선발 멤버 확정. 그러나 실패하면 운이 좋아도 제대 처분, 운이 나쁘면 칼 맞아 죽을 수도 있는 상황이었다.

인생이 걸린 엄청난 승부. 여기서 엘자는 멋지게 승리했다. 일격을 성공시키는 정도가 아니라 루키페스를 철저히 때려눕힌 것이다.

그 현장을 지켜본 기사의 말로는――압승이었다고 한다. 두 사람의 격이 다르단 사실을 보여주는 결과가 나왔다는 것이다.

"그러고 보니 왕도 사람들은 전부 다 이번 일을 아는 것 같던데. 아무리 그래도 소문이 너무 빨리 퍼진 거 아냐?"

"아, 내가 퍼뜨렸거든."

"뭐?"

"기사단장이 신입 여기사한테 철저히 깨졌다는 이야기. 적당히 양념도 쳐서 소문을 냈지. 루키페스는 일반 시민들한테는 엄청나게 미움을 받고 있었거든. 그래서 지금은 온 왕도에서 웃음거리가 되었어. 이로써 그놈의 위엄은 완전히 실추된 거지."

안나는 의기양양한 표정을 지었다.

"루키페스의 지도력은 땅에 떨어졌어. 공포정치로 지배하려고 해도 더 이상 위엄이 없으니까, 아무도 그놈의 말을 듣지 않을 거야."

그동안 아무도 루키페스에게 반항하지 못했던 것은 그놈을 무서워했기 때문이다. 모두 공포의 사슬에 얽매여 지배당하고 있었다.

하지만 그것은 이제 효력을 잃어버렸다.

엘자가 루키페스를 찍소리도 못 하게 때려눕혔으므로.

안나는 거기까지 생각해서 왕도 내에 그 정보를 확산시킨 것이리라. 그리하여 루키페스가 별 볼 일 없는 존재란 것을 모두에게 인지시켰다.

"엘자는 왕도 사람들한테도 사랑받고 있고, 기사단 내에서도 평가가 달라졌을 거야. 어쩌면 머잖아 기사단장이 되는 날이 올지도 몰라."

"아뇨, 아직 멀었습니다. 다음 주에 대항전이 있으니까요. 거기서도 좋은 성과를 거둬서 우리 기사단에 승리를 가져다주는 데에 집중해야 합니다."

"엘자는 참 성실하다니까~."

메릴은 그렇게 말하더니 내 품속에 뛰어들었다.

"그건 그렇고, 축하할 만한 일이니까 나를 쓰다듬어줘~♪"

"그거랑은 상관없지 않아?"

하지만 굳이 거부할 이유도 없으니까. 원하는 대로 쓰다듬어 줬다.

메릴은 고양이처럼 "골골골, 야옹~" 하고 소리를 냈다. 엘자와 안나는 그 모습을 보고 불만스러워하는 것 같았다.

"그런데 메릴, 개발은 잘 진행되고 있어? 그거 말이야."

안나는 메릴을 나한테서 떼어내면서 그런 질문을 던졌다.

"진척 상황에 관한 이야기를 듣지 못했는데."

"아, 그건 열심히 하고 있거든~?"

메릴은 뾰로통하게 뺨을 부풀렸다.

"나는 남이 나한테 억지로 시키는 일은 죽어라 안 하지만, 스스로 하기로 마음먹은 일은 성실하게 한단 말이야."

"너한테 모험가들의 미래가 달려 있으니까. 잘 좀 부탁해."

"네, 네~."

모험가의 미래가 달려 있다? 무슨 이야기일까? 내가 궁금해하고 있는데, 엘자가 갑자기 격식을 차리듯이 나에게 말했다.

"이것도 다 아버님 덕분입니다."

뺨을 발갛게 붉히면서 웃고 있었다.

"아버님이 조언을 해주셨기 때문에 저도 좌절하지 않고 계속 노력할 수 있었던 겁니다. 그것이 이번 결과를 낳았다고 생각합니다."

"아냐, 엘자. 네가 노력한 결과야. 나는 네 등을 살짝 밀어줬을 뿐이지."

내가 무엇을 한 것은 아니다.

엘자는 자기 자신의 힘으로 길을 개척한 것이다.

단지 그뿐이었다.

"저기, 아빠. 실은 나도 곤란한 일이 있거든?"

우리의 대화를 듣고 있던 안나가 불쑥 그런 말을 꺼냈다.

"좀 도와주지 않을래?"

다음 날 나는 모험가 길드에 갔다.

뭐든지 척척 잘하는 안나가 나에게 부탁을 하다니. 드문 일이었다.

혹시 모험가 길드와 관련된 일인가——하고 예상했는데 실제로도 그랬다. 직장에서 뭔가 곤란한 일이 발생한 듯했다.

나는 정체를 숨기기 위해 가면을 쓰고 모험가 길드로 들어갔다. 그러자 그곳에는 많은 모험가가 모여 있어 몹시 혼잡했다.

오늘도 북적거리는구나.

자, 그런데 안나는 어디 있지——하고 주위를 둘러봤다. 바로 그때.

"네?! 아니, 또 그랬어요?!"

그렇게 질책하는 목소리가 울려 퍼졌다.

모험가들은 일제히 그 목소리가 들리는 곳을 돌아봤는데, 목소리의 주인공을 보자마자 '아, 오늘도 또 저러네'란 느낌으로 금방 시선을 다시 돌렸다.

그들의 시선이 향했던 곳에는 안나가 있었다. 접수원 제복을 입은 안나는, 고양이 눈매의 여자 접수원을 다그치는 중이었다.

"전에도 내가 말했잖아요? 모험가의 능력에 맞지 않는 의뢰는 발주하지 말라고! 그들에게 무슨 일이라도 생기면 어떻게 할 거예요?!"

"에, 에이, 너무 화내지 마아~. 안나, 그렇게 얼굴을 확 찡그리면 예쁜 얼굴이 다 망가지잖아?"

고양이 눈매의 접수원은 안나를 달래듯이 그렇게 말하더니 "자, 웃어, 웃어♪" 하고 자기 입꼬리를 손가락으로 끌어올렸다.

"당신이 나를 이렇게 만들고 있잖아요!"

"꺄악! 용서해줘~."

그러나 결국 불 난 집에 부채질하는 꼴이었다.

"안나, 나 왔어."

내가 말을 걸자 안나와 그 여자는 이쪽을 돌아봤다.

"아…… 아, 아니. 와줘서 고마워."

안나한테는 미리 단단히 일러뒀다. 길드 안에서 나를 아빠라고 부르지 말라고.

"왜 그렇게 언성을 높이고 있었어?"

"그건……."

안나의 이야기를 요약하자면 다음과 같았다.

방금 추궁을 당하던 고양이 눈매의 접수원――아네모네가 좀 전에 발주한 것은, 원래 B랭크 이상의 모험가만 소화할 수 있는 의뢰였다.

그런데 그것을 C랭크 모험가들에게 맡겨버렸다는 것이다.

"그것 자체도 문제인데, 실수로 발주한 게 아니란 것도 문제야. 아네모네 팀장님, 당신은 다 알면서도 발주한 거잖아요?"

"뭐, 그건 그렇지. 이 임무를 맡을 수 있는 모험가가 없었으니까……. 그 애들도 자기들이 달성할 수 있다고 하면서 자신만만하게 의욕을 보여줬는걸?"

"응? 팀장?"

마음에 걸리는 게 있어서 나는 무심코 물어봤다.

"응. 우리 팀의 팀장이야."

"그럼 안나의 상사란 거야?"

"그렇지."

"…………."

상사를 그렇게 마구 추궁한 건가.

"꾸물거리다간 다른 팀한테 성과를 빼앗길 수도 있잖아? 할당된 목표치를 달성하지 못하면 윗사람들이 나를 쪼아댈 거란 말이야. 알지?"

"발주 조건을 충족시키지도 못하는 모험가를 파견했다가 그 사람이 죽기라도 하면, 그게 훨씬 더 크게 혼날 일이잖아요?"

날카롭게 째려보는 안나. 그러자 아네모네는 적당히 변명하듯이 말했다.

"아, 아냐, 괜찮을 거야! 그 애들은 전에도 B랭크 의뢰를 맡은 적이 있는데, 그때는 제대로 임무를 달성했거든?! 그러니까 이번에도 당연히 괜찮을 거야. 안 그래?"

"대체 뭘 위해서 모험가 랭크 제도를 도입했다고 생각하는 거죠? 모험가들이 제 능력에 맞지 않는 의뢰를 수행하러 갔다가 희생당하는 것을 방지하기 위해서잖아요?"

"그, 그건 그렇지만……."

"할당량을 채우려고 애쓰는 것보다는 모험가들의 목숨을 지켜주는 것이 더 중요할 텐데요? 제가 뭐 잘못된 말이라도 했나요?"

"아, 아뇨, 그 말씀이 맞습니다."

호되게 질책을 당한 아네모네는 기죽어서 쭈뼛거리고 있었다.

누가 상사인지 모르겠다.

안나는 한숨을 쉬더니 어깨를 으쓱했다.

"하긴, 아네모네 팀장님만 잘못한 것은 아니지. 근본적으로 따지자면 현재 모험가 길드의 시스템 자체에 문제가 있는 거니까."

"모험가 길드의 시스템?"

"더 많은 임무를 달성해서 이익을 늘리기 위해, 접수원들을 여러 팀으로 나눠서 각 팀끼리 서로 실적 경쟁을 하게 만들었거든. 나는 아네모네 팀의 팀원이고."

안나는 손가락을 곧게 세우면서 말했다.

"실적이 좋으면 상여금도 받을 수 있고, 출세도 할 수 있어. 그런데 반대로 그걸 못 해내면 월급이 줄어들고 직위도 낮아지는 거야. 이런 상황이다 보니 자연스럽게 모두 실적을 올리려고 혈안이 되는 거지. 각 팀이 수직적 관계가 되고, 서로 라이벌 의식을 불태우게 되는 거야. 그래서 다른 팀보다 뒤처지면 안 된다!

하고 모험가들에게 터무니없는 의뢰를 발주하는 사람도 생기는 거야. 바로 지금처럼 말이지."

안나는 날카롭게 아네모네를 째려봤다. 그러자 아네모네는 고양이 같은 눈을 가늘게 뜨면서 "아유, 좀 봐줘~" 하고 가르랑거리듯이 중얼거렸다.

"저기, 안나야. 자꾸 그렇게 째려보면 젊은 나이에 미간에 주름 생긴다, 응?"

"…………."

이 사람은 남의 신경을 건드리는 발언을 많이 하는구나. 섬세함이 부족하다고나 할까. 무의식중에 이러는 걸까? 그렇다면 굉장한데.

"아네모네 팀장님뿐만이 아니야. 접수원들은 자기들이 데리고 있는 모험가들에게 자꾸만 터무니없는 의뢰를 맡기고 있어. 자기들의 자리를 지키기 위해서. 물론 모험가의 입장에서 보자면, 규정된 랭크에 도달하지 못했어도 상급 랭크의 임무를 맡을 수 있다면 그게 더 이득이겠지만……. 그런 짓을 하면 당연히 희생자도 많아질 수밖에 없어. 이번 분기의 모험가 희생자 수는 사상 최다야. 이렇게 화전 농업처럼 근시안적인 짓을 계속하다가는 언젠가 모험가가 다 사라질 거야."

나는 그 어느 날의 광경을 떠올렸다.

과거로 돌아온 직후에 나는 이 모험가 길드에 안나를 찾으러 온 적이 있었다. 그때 접수원한테 물어봤는데, 그 사람은 잘 모르겠다면서 시치미를 뗐었다.

돌이켜보니 동료인데도 왜 모른다고 했을까? 하고 의아함을 느꼈는데, 실은 질문하기 전에 나는 일단 자신을 모험가라고 소개했었다.

그리고 안나한테서 이야기를 들은 지금. 드디어 상황을 이해했다.

그 접수원은 내가 안나에게 의뢰서를 가져가려고 한다고 생각해서, 그것을 자신이 대신 받으려고 했던 것이다.

그러면 그것은 자신의 실적이 되니까.

"내가 모험가였던 시절에는 지금 같은 시스템은 아니었는데."

"몇 년 전에 달라진 거야. 재상의 요청이 있었거든. 그때부터야. 모험가 길드가 과도하게 이익을 중시하게 된 것은."

안나는 불만스럽게 그런 말을 뱉었다.

"상층부는 돈만 많이 벌면 그걸로 만족할지도 모르지만, 모험가들은 사람이야. 가족도 있고 애인도 있어. 그들이 희생된다면 많은 사람이 슬퍼할 거야. 물론 애초에 모험가는 위험한 직업이니까 완전히 희생을 없애기는 어렵겠지. 하지만 지금 이 상황은 아무리 생각해봐도 잘못된 거야. 모험가들의 가족에게 전사 소식을 전하러 갔을 때 그 가족이 울부짖는 모습——그런 비통한 장면은 두 번 다시 보고 싶지 않아."

안나는 길드 직원으로서, 임무 도중에 전사한 모험가의 가족에게 부고를 전해본 경험이 여러 번 있을 것이다.

그때의 일을 떠올린 걸까. 안나의 표정은 괴롭게 일그러져 있었다.

"나는 길드 마스터가 되어서 모험가 길드의 시스템을 근본부터 바꿔놓을 거야. 이익과 모험가의 안전, 두 마리 토끼를 다 잡을 거라고. 누구든 이의를 제기하지는 못하게 할 거야."

"그렇구나."

사업이니까 당연히 이익을 내야 할 필요도 있다. 그러니까 꾸준히 이익을 내면서 모험가의 안전도 잘 확보하겠다는 것이다.

안나다운 사고방식이라고 생각했다. 그리고 안나라면 그걸 해낼 수 있다. 아버지인 내가 그 사실을 가장 잘 알고 있었다.

"어휴, 안나는 참 우수하다니까~. 어쩌면 사상 최연소 길드 마스터가 될지도 모르지?"

아네모네는 웃으면서 그렇게 말했다.

"아, 하지만 그러려면, 그 모난 성격을 좀 고쳐야 할지도 몰라. 특히 직속 상사에게 대드는 점이 문제라고나 할까~."

"…………."

슬슬 한 대 맞아도 이상하진 않을 텐데.

나는 폭력 사태가 벌어지기 전에 화제를 바꿨다.

"응, 그래서 나는 뭘 하면 되니?"

"아까 출발한 모험가들이 받아들인 임무 말인데. 그것은 적성 랭크 이상의 임무야. 게다가 그들은 저번 임무를 마친 뒤 휴식 기간도 충분히 가지지 못했어. 솔직히 말해서 꽤 위험하다고 생각해. 그러니 몰래 그들을 좀 도와줬으면 좋겠어."
"알았어."
"적성 랭크 이상의 임무를 받아들이는 모험가 측도 문제는 있다고 생각해. 하지만 제일 나쁜 것은, 그런 일을 알선해준 길드 측이야.
위험한 것을 알면서도 그들이 희생당하는 모습을 가만히 지켜보고 있을 수는 없어. 우리 잘못의 뒷수습을 맡기게 되어서 미안하지만."
"응, 괜찮아. 나한테 맡겨."
다른 사람도 아니고 딸의 부탁이니까. 또 모험가들을 그냥 내버려 둘 수도 없었다. 정체를 숨긴 상태라면 발 벗고 나서도 괜찮을 것이다.

왕도에서 한나절쯤 서쪽으로 이동하면 나오는 한 마을.
그 마을 뒤편을 뒤덮고 있는 울창한 삼림의 가장 깊숙한 안쪽. 그곳에는 C랭크 모험가——롤로 라랑드가 이끄는 파티가 있었다.
그들은 토벌 대상인 마물을 상대하는 중이었다.
머리에 돋아난 두 개의 뿔, 암석처럼 튼튼한 근육질 거체. 그 몸의 표면은 사냥감의 피로 온통 칠해놓은 것처럼 진한 붉은색이었다.
그 붉은 도깨비 마물——오거는 본디 B랭크 모험가 여러 명이나 A랭크 이상의 모험가가 토벌해야 한다고 알려져 있었다.

그런데 롤로의 파티에는 C랭크 수준의 모험가들밖에 없었다.
단검을 쓰는 롤로는 물론이고 앞줄에서 큰 방패를 들고 있는 도미니크, 뒷줄에 있는 마법사 린에 이르기까지 전원이 C랭크 모험가였다.
적성 랭크 미만인데도 그들은 그 임무를 받아들였다.
올해 열여덟 살이 된 이 친구들은 어떤 야망을 품고 있었다.
사상 최연소 S랭크 모험가로 승격되는 것.
그 꿈을 이루는 것이 목표였다.
그러려면 높은 랭크의 임무를 계속 수행해서 실적을 쌓아야 한다.
제자리걸음이나 하고 있을 시간은 없다.
갈래머리를 늘어뜨린 그 모험가 길드의 접수원——안나라고 했던가——은 분명히 이렇게 말했었다. 우리의 실력은 아직 B랭크 수준은 아니라고.
그러니까 무리하지 말고 차근차근 앞으로 나아가면 된다고.
——아니, 괜찮아. 아직 인정받지 못했을 뿐이지 우리는 충분히 B랭크 수준의 실력을 갖추고 있으니까. 단지 모험가 길드 녀석들이 보는 눈이 없는 거다.
실제로 저번에 받은 B랭크 수준의 토벌 임무는 성공시켰다.
롤로 일행은 그 성공 경험을 토대로 확고한 자신감을 얻게 되었다.
우리는 할 수 있다.

실제 랭크보다 더 높은 수준의 임무도, 얼마든지 달성할 수 있다.

그러나.

오거와의 싸움이 시작되자마자 상황이 달라졌다.

오거가 휘두른 몽둥이를 큰 방패로 받아낸 도미니크는 그 방패까지 통째로 박살 나면서 날아가더니, 그대로 뒤쪽에 있는 거목의 줄기에 등부터 쾅 부딪쳐 기절해버렸다.

"——허?" "어?"

롤로와 마법사 린은 둘 다 아연실색했다.

지금까지 온갖 마물의 공격을 막아냈던 이 파티의 방패 도미니크. 그가 단 한 방에 쓰러진 것이다.

뭐지? 방금 그 파괴력은.

도미니크는 큰 방패를 들고 있어서 그나마 기절하는 정도로 끝났지만, 롤로나 린이 방금 그 일격을 당했더라면 완전히 끝장났을 것이다.

어쩌지? 도망칠까? 아니, 그건 불가능해. 도미니크를 등에 업고서는 완벽하게 도망칠 수 없어. 그 전에 따라잡혀서 두들겨 맞을 거야.

그럼 도미니크는 두고 갈까? 웃기지 마. 동료를 두고 갈 수는 없어. 지금까지 계속 우리 셋이서 활동해왔잖아. 지금까지도 그랬고, 앞으로도 그럴 거야.

그렇다면 싸울 수밖에 없다.

“내가 시간을 벌게! 그 틈에 최대 마력으로 공격해!”

“으, 응!”

아직 이길 기회가 완전히 사라진 것은 아니었다.

린의 최대 화력의 마법으로 공격한다면——.

그러려면 시간이 필요하다. 롤로가 미끼가 되어 마법의 주문 영창 시간을 벌어야 한다. 단 한 방이라도 맞으면 그 시점에서 게임 오버다.

그는 최선을 다해 오거의 공격을 계속 피했다.

그러는 사이에 린은 집중해서 주문 영창을 계속했다.

“화염의 소용돌이, 폭렬의 굉음, 내 앞에 적은 없도다! 불꽃이여, 내 명령에 따르라! 열광의 불꽃으로 그 영혼을 다 불태우리라!”

긴 지팡이를 양손으로 붙잡은 채 조용히 읊는 마법의 언어가 점점 마력을 증폭시킨다. 그렇게 해서 모은 마력을 한곳에 집약시킨다.

“내 힘을 바탕으로 그 열의 파괴를 행하라! ——볼케이노!”

그 직후——오거의 발밑에 거대한 마법진이 펼쳐졌다. 작열하는 화염이 그놈의 전신을 집어삼키면서 격렬하게 솟구쳤다.

그 불기둥은 하늘을 찌를 듯이 길게 늘어났다.

“——좋아! 해냈어!”

린이 온 힘을 다해 발동시킨 혼신의 일격, 비장의 수단.

이 정도면 아무리 강한 오거라도 한순간도 못 버티고 숯덩이가 되었을 것이다——라고 롤로는 생각했다. 그러나 그 기대는 몇 초 후 흔적도 없이 무너져버렸다.

불기둥의 불길이 잠잠해졌을 때. 오거는 아무 일도 없었던 것처럼 그 자리에 꼿꼿이 서 있었다. 붉은색 몸뚱이에는 화상 자국 하나조차 없었다.

"말도 안 돼……!"

린은 눈앞의 광경을 보고 절망했는지 힘없이 털썩 주저앉았다.

린은 우수한 마법사였다.

특히 불 마법에 관해서는, 롤로 일행의 고향 마을에서는 경쟁자가 없을 정도였다. 어떤 마물이든지 숯덩이로 만들 수 있다고 호언장담했다.

롤로도 그렇게 믿었다. 그런데――.

"린! 도망쳐!"

"방금 그 공격으로 마력을 다 써버렸어. 모, 못 일어나겠어……."

"――윽!"

주저앉은 채 당장이라도 울음을 터뜨릴 듯한 표정으로 중얼거리는 린. 그것을 본 롤로는 반사적으로 뛰어가 린을 지키려는 듯이 등지고서 그 앞에 섰다.

오거가 몽둥이를 높이 치켜드는 장면을 본 순간 롤로는 깨달았다. 끝이구나. 이제 와서 때늦은 후회를 했다.

적이 이렇게 강할 줄은 몰랐다.

그 여자 접수원의 말이 옳았다.

자기들의 현재 실력으로는 아직 오거와 싸우기에는 너무 일렀다. 그 접수원의 충고를 무시하고 용감하게 도전한 결과가 바로 이것이었다.

도미니크, 린과 함께 지냈던 추억이 주마등처럼 스쳐 지나갔다.

사상 최연소 S랭크 모험가가 되자는 목표를 세우고 다 함께 절차탁마했던 그 괴롭고도 즐거운, 찬란한 빛으로 가득했던 더없이 소중한 나날.

거대한 몽둥이가 내려온다. 그것은 롤로의 주마등까지 포함해 그의 정수리를 쪼개버리려고 했다. 그런데 그 직전에 갑자기 허공에서 딱 멈췄다.

"휴, 늦지 않아서 다행이다."

"……어?"

눈앞에 키 큰 남자가 서 있었다.

롤로는 자기 눈을 의심했다.

가면을 쓴 그 남자는 오거의 몽둥이를 한 손으로 막아내고 있었다.

오거는 그 남자를 박살 내려고 양팔의 핏줄이 튀어나올 정도로 힘을 주고 있었다. 그런데도 그 남자가 막아낸 몽둥이는 전혀 꿈쩍도 하지 않았다.

"이제 괜찮아. 금방 끝날 거야."

가면 쓴 남자는 입가에 미소를 띠면서 그렇게 말했다. 그리고 몽둥이와 오거를 통째로 들어 올리더니, 그대로 힘차게 바닥에 확 꽂아버렸다.

등에서부터 바닥에 떨어진 오거. 그 남자는 오거를 향해 손을 내밀었다. 그러자 곧이어 오거를 뒤덮는 형태로 지면에 마법진이 생겨났다.

마법진이 빛을 발했다. 하늘을 찌를 듯이 맹렬한 불기둥이 솟구쳤다.

저것은――볼케이노?!

좀 전에 린이 사용했던 상급 불 마법――그것을 주문 영창 없이 발동시킨 것이다.

게다가 그 공격이 효과가 있었다.

오거는 고통스런 비명을 질렀다. 작열하는 화염은 금세 오거의 온몸을 집어삼키더니 눈 깜짝할 사이에 숯덩이로 만들었다.

"자, 이걸로 끝났다."

차원이 다른 위력이었다. 롤로가 경악하여 넋 놓고 있는데, 가면 쓴 남자는 고개를 휙 돌려서 거목 앞에 쓰러져 있는 도미니크의 모습을 힐끔 봤다.

"저 친구도 아직 살아 있는 것 같군."

그쪽으로 다가가더니 그 자리에 쪼그려 앉아 치유 마법을 걸기 시작했다. 손바닥의 따뜻한 빛이 도미니크의 상처를 치유하고 있었다.

그 광경을 멍하니 지켜보던 롤로는 무심코 질문을 던졌다.

"다, 당신, 누구야?"

"지나가던 모험가야."

"모, 모험가?!"
이렇게 강한 모험가는 지금까지 본 적이 없었다.
"랭크는?"
"A랭크."
그 말을 들은 순간 충격을 받았다.
오거의 괴력을 한 손으로 막아낼 정도의 근력과, 상급 불 마법 볼케이노를 주문 영창 없이――치명상이 될 정도의 위력으로 발동시키는 마력.
A랭크 모험가――모든 면에서 너무나 먼 존재였다.
"야심이 있는 것은 좋은데, 무턱대고 무리하는 것은 좋지 않아."
가면 쓴 남자는 치유를 마치고 말했다.
"자네들은 재능이 있어. 초조해하지 말고 차근차근 나아가다 보면, 언젠가는 목적지에도 도달할 수 있을 거야."
그는 입가에 다정한 미소를 띠더니.
"자, 그럼 조심해서 돌아가."
그런 말을 남기고 가볍게 그곳을 떠났다.
잠시 후 도미니크가 벌떡 일어났다.
그는 주위를 두리번두리번 둘러보더니 "대체 무슨 일이 있었던 거야?"라고 물어봤다. 전투의 충격으로 기억의 일부분이 사라진 것 같았다.
"저기, 어쩔래? 앞으로도 B랭크 임무를 계속 맡을 거야?"
"아니……."

린의 질문에 롤로는 고개를 옆으로 흔들었다.
가면 쓴 남자를 만남으로써 자신의 인식이 달라진 것이다.
A랭크의 벽은 멀고도 두꺼웠다.
——하지만 도달하지 못할 거란 생각은 들지 않았다.
한 걸음씩 착실하게 나아가자. 그러면 언젠가는 목적지에 도달할 것이다.

오거와 싸우던 모험가들을 도와준 후, 마찬가지로 터무니없는 임무를 맡은 자들을 도와주고 다녔다.
그 덕분에 쓸데없는 희생은 막을 수 있었다.
그러는 동안 안나가 상층부에 상황을 개선해 달라고 요청했다.
그러나——.
"딱 잘라 거절하더란 말이지?"
영업이 끝난 모험가 길드의 접수처. 그곳에서 기막힌 표정을 짓고 있는 안나는 짜증 난 것처럼 이마를 손바닥으로 꾹 누르면서 말했다.
"응. 요새는 희생자도 나오지 않고 일이 잘 굴러가고 있으니까 문제없다는 거야. 아빠가 모험가들을 도와준 것이 역효과를 낳았나 봐."
"그런가."
"어휴, 진짜. 늘 그렇다니까?! 현장 사람들이 노력해준 덕분에 아슬아슬하게 안 무너지고 굴러가고 있는 건데! 높으신 분들은 그게 당연한 줄 알아!"

"응, 진정해."

"분명히 말해두는데, 아빠가 없었으면 지금쯤 미친 듯이 희생자가 나왔을 거야! 모험가들의 시체가 산더미처럼 쌓였을 거라고! 차라리 아무것도 하지 말고 그냥 방관이나 할까? 그러면 윗사람들도 상황을 좀 이해할 테니까."

"그럴 수는 없지. 안 그래?"

나는 달래듯이 말했다.

"안나, 넌 모험가들을 버리진 않을 거잖아."

"……뭐, 그렇지."

안나는 조금이나마 냉정을 되찾은 것 같았다.

"음, 아무튼 곤란하네. 지금 이 상황을 계속 유지할 수는 없어. 내 몸도 하나밖에 없으니까. 언젠가 반드시 파탄이 날 거야."

"일단 내가 해결책을 하나 생각해봤는데."

"뭔데?"

"모험가들이 터무니없는 임무를 수행하다가 순직하는 것은 마물과의 싸움 때문이기도 하지만, 높은 랭크의 임무 수행 장소에 도착하기까지가 힘들기 때문이기도 해. 쉬지 않고 장시간 가혹한 행군을 한 다음에 마물과 싸우니까 패배하게 되는 거야. 컨디션이 완벽하다면 생존율도 확 올라갈 테지. 그래서 나는 가혹한 임무 수행 장소에 휴게소를 만들려고 생각 중이야. 거기서 체력을 회복한다면 그 후 전투에서도 유리하게 싸울 수 있을 거야."

"하긴, 그건 그럴지도 몰라. 하지만 마물들의 소굴 근처에 휴게소를 만들어봤자 금방 파괴되지 않을까?"
"보통은 그렇지. 여기서 메릴이 나서는 거야."
안나는 집게손가락을 곧게 세웠다.
"그 애가 지금 개발하고 있는 마도기를 사용하면 마물을 멀리 쫓아낼 수 있을 거야. 한번 마력을 충전하면 오랫동안 유지되는 것 같고."
그렇다면 정기적으로 마법사가 마력을 장전하러 가기만 해도 시설을 유지할 수 있을 것이다. 사람을 상주시킬 필요는 없으니까 관리 비용도 들지 않는다.
"얼마 전에 드디어 개발의 끝이 보인다고 했으니까. 즉시 착수할 수 있도록, 이미 설치 준비는 하고 있어."
안나는 이야기했다.
"길드 마스터한테도 미리 잘 이야기해서 승낙도 받아놨어. 이제는 그 애가 마도기를 무사히 완성시키기를 기다리기만 하면 돼."
"일처리가 빠른데?"
"응, 난 우수하니까."
안나는 농담조로 말하면서도 당당하게 가슴을 폈다.
"하지만 메릴한테는 못 당하겠어. 그 애는 천재야. 보통 사람은 할 수 없는 일을 너무나 쉽게 해낸단 말이지."
"본인에게 직접 이야기해주면 기뻐할 텐데."
"아니, 그러면 걔가 우쭐거릴 거 아냐?"

확실히 그건 그렇다.

"나는 엘자나 메릴 같은 천재가 될 수는 없지만, 그래도 그 애들을 지원해줄 수는 있어."

천재는 혼자서는 위업을 달성하지 못한다.

안나처럼 지원해주는 사람이 있기 때문에 그 애들은 제 실력을 발휘할 수 있는 것이다. 어느 한쪽이라도 부족하면 세상은 제대로 돌아가지 않는다.

안나가 문득 미소를 지었다.

"메릴은 요새 기숙사의 자기 방에 틀어박혀서 계속 열심히 작업하고 있는 것 같아. 괜찮다면 한번 상태를 보러 가줄래?"

안나가 마법 학교 기숙사의 주소를 가르쳐줘서 그쪽으로 찾아가봤다. 마법 학교에서 도보로 5분쯤 걸리는 곳에 있는 깔끔한 건물이었다.

건물이 훌륭했다. 고개를 꺾어 위를 쳐다보지 않으면 옥상이 안 보일 정도로 거대했다.

1층에는 공동 식당이 있고, 최상층의 한쪽 끄트머리에 메릴의 방이 있었다. 특별 장학생이라서 우대받고 있는 걸까.

메릴의 방의 초인종을 눌렀는데 반응이 없었다.

몇 번이나 반복해서 눌렀는데도 똑같은 결과만 나왔다.

시험 삼아 문손잡이를 당겨봤더니 쉽게 문이 열렸다. 잠겨 있지 않았다. 왜 이렇게 조심성이 없을까? 하고 생각하면서 방 안을 들여다봤다.

커튼을 쳐놓은 어두운 방 안.

마법 책이나 연구용 기자재가 뒤죽박죽 섞여 있어서 발 디딜 곳도 없을 만큼 지저분한 방이었는데, 저 안쪽에서 메릴의 모습이 보였다.

메릴은 책상머리에 앉아 집중하고 있었다. 그러다 갑자기 "——헉?! 아빠의 기척?!" 하고 중얼거리더니 반사적으로 뒤를 돌아봤다.

"아, 역시! 아빠구나~♪"

메릴은 발밑에 어지러이 흩어져 있는 기자재들을 경쾌하게 밟으면서 이쪽으로 뛰어오더니 내 품속에 기운차게 뛰어들었다. 그 모습은 마치 꼬리를 흔드는 강아지 같았다.

"아니, 뭐야? 내가 그렇게 보고 싶었어?"

"음, 네가 열심히 연구를 하고 있다는 이야기를 안나한테서 들었거든."

나는 그렇게 말하면서 손에 들고 있던 꾸러미를 건네줬다. 그 안에는 메릴이 좋아하는 애플파이가 들어 있었다.

"선물이다. 단것이 지친 뇌를 달래줄 거야."

"와~♪ 아빠, 사랑해!"

메릴은 파이가 든 꾸러미를 소중히 품속에 끌어안더니 그 자리에서 빙글빙글 돌면서 기쁨을 표현했다.

"그런데 나한테는 이렇게 아빠가 와준 것이 가장 큰 선물이야."

"응, 그래."

즉시 포장지를 벗기고 바닥에 앉아서 파이를 맛있게 먹는 메릴. 나는 그런 메릴에게 음료수를 가져다주기로 했다.

마침 뜯지도 않고 놔둔 찻잎이 부엌에 방치되어 있었다. 나는 그걸로 홍차를 우려내서 들고 갔다. 그러자 메릴은 후~ 후~ 하고 불었다. 뜨거운 것은 못 먹기 때문이다.

"연구는 순조롭게 되고 있어?"

"응, 완벽해."

"역시 굉장하구나."

"난 아빠 딸이니까~."

메릴은 의기양양하게 가슴을 활짝 폈다. 그리고 홍차를 입에 대려고 하다가 "앗, 뜨거워" 하고 허둥지둥 혀를 쏙 집어넣었다.

"아직도 뜨거워? 어느 정도 식혀서 가져왔다고 생각하는데."

"아빠, 후~ 하고 불어줘~."

"그게 목적이었구나?"

나는 쓴웃음을 지으며 홍차를 후후 불어 식힌 다음에 메릴에게 먹여줬다. 이런 모습을 안나가 본다면 또 쓴소리를 할 테지만.

"아빠가 옛날에 그런 말을 했잖아? 마법은 사람들의 생활을 윤택하게 만들기 위해 존재하는 거라고. 남에게 도움이 되어야 가치가 있는 거라고."

고향에 있었을 때가 생각났다.

나는 메릴을 그렇게 가르쳤었다.

"마도기가 완성되면 우물에 가지 않아도 물을 손에 넣을 수 있고, 목욕물도 데울 수 있을 거야. 왕도 주민들의 생활이 윤택해지는 거지."

"응."

"어때? 나 어엿한 마법사로 살고 있는 거, 맞지?"

귀엽게 나를 쳐다보는 메릴. 나는 그 작은 머리에 손을 얹었다.

"그래. 메릴, 넌 훌륭한 마법사야."

"우후후~."

내가 머리를 쓰다듬어주자, 메릴은 기분 좋은 것처럼 가르릉 소리를 냈다.

이번에는 고양이 같았다.

"그런데 방은 좀 더 멀쩡하게 치워놓을 수 없겠니? 너무 심하게 어질러놨잖아. 어디에 뭐가 있는지도 모르겠다."

"쯧쯧, 아냐. 나는 다 알거든~?"

"게다가 우편함에도 우편물이 잔뜩 쌓여 있던데. 흘러넘치고 있어서 무심코 여기까지 들고 와버렸어."

나는 공동 우편함에 넘치도록 꽉꽉 채워져 있던 우편물을 메릴에게 건네줬다. 부주의하게도 그 우편함의 뚜껑도 열려 있었다.

"중요한 서류도 있을 수 있잖아. 정기적으로 확인해야지, 응?"

"한동안 우편물이 쌓이다 보면 확인하는 게 귀찮아지는걸. 왠지 우편함 뚜껑을 열기도 싫어진단 말이야."

나는 가급적 내용물은 보지 않으려고 하면서 우편물들을 분류하기 시작했다.

대부분은 가게 측이 우편함에 집어넣은 광고지였다.

레스토랑, 포장마차, 디저트 가게의 광고물이 들어 있었다.

그중에는 마법 학교에서 온 봉투도 있었다.

메릴의 부탁을 받고 내가 대신 내용물을 확인해봤다. 그것은 성적 보고 통지서였다.

메릴은 멋지게 전 과목에서 최상급 평가를 받았다. 하지만 그 대신 지각과 결석일도 발군이었다. 난감하게도.

"어? 이건 뭐지?"

분류하는 도중에 아무것도 쓰여 있지 않은 새하얀 봉투를 발견했다. 보내는 사람도, 받는 사람도 적혀 있지 않았다.

"뭘까?"

봉투를 뜯어서 메릴과 함께 그 내용물을 확인해봤다.

그 순간 놀라서 숨을 들이켰다.

거기에 새빨간 글씨로 이렇게 적혀 있었기 때문이다.

『마도기 개발에서 손을 떼라. 안 그러면 모든 것을 잃게 될 것이다.』

""…………""

나와 메릴은 서로 얼굴을 마주 봤다.

"이게 뭐야?"

"협박장——인 것 같지……?"

글의 내용을 보면 확실했다.

누군가가 메릴의 마도기 개발을 저지하려고 하는 것이다.

그것도 강제적인 수단을 동원해서.

——하지만 도대체 누가, 무슨 목적으로?

협박장이 들어 있는 봉투는 그것 하나만이 아니었다. 몇 통이나 우편함에 들어와 있었다. 그리고 나중에 온 것일수록 그 내용은 점점 과격해지고 있었다.

"나도 참, 인기가 많구나~."

"그러네. 안 좋은 쪽으로."

"하지만 난 전혀 눈치채지 못했어~. 우편물 따윈 보지도 않았으니까."

협박장을 받았는데도 불구하고 메릴은 태연하기만 했다. 전혀 공포를 느끼지 않는 것 같았다.

그동안 우편물을 하나도 보지 않았으므로 결과적으로는 협박을 계속 무시한 셈이었다. 아마 협박장을 보낸 사람은 화가 났을 것이다.

슬슬 인내심이 바닥나도 이상하진 않을 텐데.

"혹시 최근에 누군가가 너와 접촉하려고 한 적은 없니?"

"응? 없는데."

메릴이 우수한 마법사란 사실은 상대도 알고 있을 것이다. 그렇다면 쉽게 접촉하려고 하진 않을지도 모른다.

생각해보자. 적은 어떤 수단을 사용할까?

"그러고 보니 오늘 이 방은 문이 안 잠겨 있던데. 평소에도 그러니?"

"뭐, 대체로 그렇지. 자꾸 깜빡하거든~."

메릴의 방은 언제나 문이 열려 있는 상태였다. 즉, 마음만 먹으면 누구나 간단히 드나들 수 있다.

그리고 발 디딜 틈도 없을 정도로 어질러진 방.

무슨 짓을 하기 딱 좋은 환경이었다.

만약에 내가 메릴의 적이라면, 무엇을 어떻게 할까?

메릴로 하여금 마도기 개발을 그만두게 하고 싶은데, 몇 번이나 충고했는데도 계속 무시당했다면.

그다음에 할 행동은 아마도 실력 행사일 것이다.

몰래 이 방을 뒤져서 연구 성과를 훔친다? 아니면 방 전체를 파괴한다? 그 정도로는 충분하다고 할 수 없다.

메릴이 존재하는 한, 언젠가는 다시 연구에 착수해서 마도기를 완성할 가능성이 있다.

그렇다면 가장 확실한 방법은——.

그 결론에 다다름과 동시에 불길한 예감이 맹렬하게 나를 덮쳤다.

발밑에 흩어져 있는 기자재와 마법 책 따위를 급히 치워봤다. 바닥이 드러나자, 그 위에 기하학적인 모양의 단편이 그려져 있는 것이 보였다.

그것을 본 순간. 온몸의 핏기가 싹 가시는 기분이었다.

이것은……!

시한 폭파 마법진——.

"메릴! 꽉 잡아!"

나는 메릴을 옆구리에 끼고, 창문을 깨고 뛰쳐나가 밤하늘로 몸을 던졌다.

그리고 몇 초 후.

세상이 하얀빛으로 뒤덮이는가 싶더니 방에서 대폭발이 일어났다. 굉음과 열풍이 등 뒤에서 세차게 우리를 휩쓸고 지나갔다.

"우와앗?! 뭐야, 내 방이?!"

허공에 몸을 날린 채 메릴이 말했다. 돌연 방이 폭발하자 깜짝 놀란 것이다.

우리는 바람 마법을 이용해 지상에 내려왔다. 기숙사 최상층——폭발한 메릴의 방에서는 불길이 활활 치솟고 있었다.

——아직 안 끝났어.

나는 즉시 주위를 둘러봤다.

폭파 마법진을 설치했다면, 기폭 후 상황을 보려고 현장에 와 있을 것이다. 확실하게 해치웠는지 어쨌는지 확인하기 위해서.

이 사태를 알고 모여든 구경꾼들 사이에서 수상한 인물을 발견했다.

그는 칠흑의 로브를 뒤집어써서 얼굴을 감추고 있었다. 그리고 활활 타는 메릴의 방을 쳐다보면서 희미한 미소를 짓고 있었다.

저놈인가——!

그쪽으로 뛰어가려고 했는데, 그 순간 상대도 이쪽을 눈치챘다.

그는 깜짝 놀란 것처럼 눈을 크게 떴다. 내 옆에 메릴이 멀쩡히 있는 것을 확인하자, 계획이 실패했음을 깨달은 듯했다.

그는 화가 난 것처럼 혀를 차더니 몸을 돌려 허둥지둥 도망치기 시작했다.

"놓칠까 보냐!"

나는 그놈을 쫓아가려고 했다. 그런데 그때 기숙사 건물에서 비명 소리가 들려왔다.

최상층의 베란다에서 여학생의 모습이 보였다.

메릴의 방에서 난 불이 번지고 있었다. 그 불길이 여학생을 지금 당장 집어삼키려고 하는 중이었다.

"사, 살려줘!"

"아빠!"

"알았어!"

학생의 목숨을 대신 희생시킬 수는 없었다.

나는 바람 마법을 이용해 도약해서 베란다 가장자리에 착지했다.

"자, 이제 걱정하지 마."

"아, 네……!"

여학생을 끌어안고 몸을 날려 지상에 착지했다. 주위에 있던 구경꾼들한테서 박수와 환성이 터져 나왔다.

"역시 우리 아빠야, 멋있어~!"

메릴이 제일 신난 것 같았다.

주위를 둘러봤지만 이미 그 수상한 로브의 사나이는 보이지 않았다.

결국 놓쳐버린 건가.

……하는 수 없지. 무사히 살아남은 것만 해도 다행이라고 생각하자. 보아하니 기숙사 사람 중에는 다친 사람도 없는 것 같고.

"어휴. 그런데 내 방이 사라져버렸네."

메릴은 아쉬워하는 것처럼 자기 방의 잔해를 쳐다봤다.

"뭐, 그래도 깨끗이 정리된 셈이니까. 잘됐나?"

거참 긍정적인 사고방식이구나. 청소치고는 너무 요란하잖아.

"그런데 저 방에 있던 성과물도 파괴되고 말았구나. 모처럼 마도기 개발도 순조롭게 진행되고 있었다면서."

"응? 그건 벌써 옛날에 끝났는데?"

"뭐? 정말?"

"응. 마법 학교 연구실에 놔뒀어. 혹시나 전부 파괴됐더라도 제작 방법은 내가 기억하고 있으니까. 금방 만들 수 있어."

"……그러면 방에서는 뭘 그렇게 계속 연구하고 있었던 거야?"

"가슴이 커지는 약!"

메릴은 당당하게 양손으로 브이 자를 만들었다.

"글래머가 되어서 아빠를 사로잡고 싶었거든♪"

"…………."

나나 적이나 전부 다 완전히 메릴의 손바닥 위에서 놀아난 것 같구나.

"설마 마도기 개발을 방해하려고 하는 녀석들이 있을 줄이야. 방까지 통째로 없애려고 하다니, 제정신이 아니야."
나와 메릴은 그 후 모험가 길드에 와 있었다.
사정을 들은 안나는 휴 하고 안도의 한숨을 쉬었다.
"그래도 다행이야. 아빠와 메릴이 무사해서. 물론 메릴의 입장에서는 잘 곳이 없어졌으니 큰일이지만."
"아니, 전혀 아닌데? 오히려 난 행운이라고 생각해."
"행운?"
"내 방도 깔끔하게 깨끗이 정리됐고, 아빠의 멋진 모습도 볼 수 있었으니까. 게다가 이로써 24시간 내내 아빠와 같이 있을 수 있게 됐잖아~♪"
"마도기 개발을 막으려고 하는 녀석들이 언제 메릴을 노릴지 몰라. 그러니까 내 옆에 있는 게 안심이 되지 않겠어?"
한동안 메릴을 여관에서 재울 생각이었다.
이미 리즈베스 씨의 승낙도 받았다.
"뭐, 그렇게 된 거지. 범인한테는 고마울 정도라니까~."
"……괜히 걱정했네."
안나는 어처구니없다는 듯이 이마를 손으로 짚었다.
"그래, 일단 아빠가 옆에 있으면 틀림없이 안전할 테지. 마도기 개발도 다 끝났다고 하니까. 나도 더 이상 할 말은 없어."

그러다 갑자기 "아, 잠깐만. 할 말이 있었네?" 하고 즉시 정정했다.

"완성되면 나에게 보고하라고 했잖아? 그런데 왜 보고를 게을리 한 거야? 시시한 약이나 개발하는 데 몰두하고 말이야."

"아, 아야, 아야! 아니, 그냥 깜빡한 거야! 그리고 시시한 게 아니거든?! 글래머가 되는 것은 중요한 일이니까!"

안나는 보고를 게을리 한 메릴의 귀를 마구 꼬집었다. 그러다가 한숨을 푹 쉬더니 흥, 됐어 하고 손을 뗐다.

"이러고 있을 때가 아니야. 당장 휴게소 설치를 시작해야 해. 어제 회의에서 길드 마스터가 그 안을 승인해줬으니까——."

"흠, 그게 말이지…… 그건 결국 취소됐단다."

불쑥 끼어드는 목소리.

호화롭게 치장된 길드 제복을 입은 백발노인이었다.

정수리가 휑한 머리. 포동포동한 체형. 온화해 보이는 인상을 주는 사람이었다. 뭐, 다시 말해 소심한 사람처럼 보이기도 했지만.

아마도 이 남자가 길드 마스터일 것이다.

"네?"

안나는 당황했다.

"지금 뭐라고 하셨어요?"

"그 제안 말인데. 폐기됐어."

"아니, 하지만 이미 승인해주셨잖아요? 어제 회의에서. 과반수의 찬성으로 휴게소 설치는 가결됐잖아요?"

"모험가 길드 내에서는 그랬지."

길드 마스터는 뒤통수를 쓰다듬으면서 혀를 쏙 내밀었다.

"가결된 안을 의회에 제출했다가 거기서 퇴짜 맞은 거야."

"어, 아니, 저기요! 의회에 제출하는 것은 단지 형식적인 절차일 뿐이고 웬만하면 다 통과된다고 하셨잖아요?!"

"선왕님 시절에는 그랬지. 하지만 지금은 고르곤 재상이 권한을 쥐고 있으니까, 예산이 너무 많이 든다면서 거절하더라고."

"네엣?! 도대체 뭐 하시는 거예요! 혹시나 트집 잡힐 경우에 대비해서 설득용 응답 예시도 드렸잖아요? 예산은 들지만, 그만큼 모험가들의 생존율이 올라가면서 장기적으로는 이익이 생길 거라고!"

"그 논리는 완벽했다고 생각해. 나도 그대로 착실하게 대답했고."

"그런데 왜 기각을 당했어요?!"

"그건 나한테 물어봐도 모르지."

"모험가 길드의 대표는 당신이니까 당신한테 물어보는 거잖아요! 좀 더 끈질기게 물고 늘어졌어야지, 왜 안 그랬어요?!"

"아니, 하지만 고르곤 재상은 무섭잖아……? 한번 찍혔다간 무슨 짓을 당할지 모르니까……?"

길드 마스터는 양손을 맞잡고 꾸물거리면서 기죽은 태도를 보였다. 그러나 곧 배 째라는 듯이 상쾌한 미소를 지었다.

"아니 뭐, 알다시피 나는 정년이 얼마 안 남았잖아? 퇴직금은 온전히 다 받고 싶지 않겠어? 그러니까 거기서 끈질기게 물고 늘어지는 것은 아무리 생각해봐도 손해 보는 짓이잖아, 안 그래?"

"…………."

안나는 말문이 막혀버렸다.

"저기요, 길드 마스터."

"응?"

"한 대 때려도 돼요?"

그건 안 되지.

"아, 상관없어. 난 입원 보험도 들어놨으니까. 그래서 안나 군의 기분이 풀린다면 과감하게 한 대 때려도 돼."

"길드 마스터가 이득을 본다고요? 그건 싫으니까 안 할래요."

혀를 차는 안나.

보험 덕분에 구사일생으로 살았구나.

길드 마스터는 휴 하고 안도의 한숨을 쉬더니 말을 이었다.

"고르곤 재상이 권력을 쥐게 된 다음부터 모험가 길드는 이익을 최우선으로 삼는 조직으로 변해버렸어. 길드 마스터라고 해봤자 나 같은 놈은 어차피 중간 관리직에 불과해. 실질적인 조직의 경영권은 의회의 수장인 재상이 가지고 있는 거지. 모험가 길드뿐만이 아니야. 기사단도, 의회도 지금은 그의 뜻대로 움직이고 있어. 그런데 그 압정은 왕도 각지에서 문제를 일으키고 있지."

기사단의 기사단장——루키페스도 재상의 입김이 작용했다고 한다.

루키페스가 이끄는 기사단은 왕도 사람들 사이에서도 평판이 좋지 않았다.

그리고 지금 이 왕도에서 살기 시작하면서 알게 됐는데, 내가 있던 시절보다도 세금 액수가 비정상적으로 높았다.

듣자 하니 그것도 재상의 작품이라고 한다.

"……역시 현재 상황을 바꾸려면 그놈을 끌어내릴 수밖에 없겠어."

"소니아 여왕님도 심기가 불편하신 것 같지만, 그래도 고르곤 재상을 파직하기는 어려울 거야."

"응? 아니, 하지만 이 나라에서는 여왕님이 제일 높으신 분이잖아?"

메릴이 말했다.

"그럼 그냥 재상을 파직하면 되잖아."

"그게 그리 간단하진 않단다."

길드 마스터가 말했다.

"재상은 많은 귀족과 관료를 거느리고 있어. 그러니까 함부로 손을 댔다간 여왕님의 지위가 위태로워질 거야."

아무리 여왕이라도 혼자서 나라를 움직일 수는 없다. 귀족과 관료의 반발을 불러일으켰다가는 앞으로 국가를 통치하기 어려워질지도 모른다.

"그 사람을 파면할 만한 정당한 이유가 있으면 좋을 텐데."

"고르곤 재상에 관해서는 수상한 소문이 잔뜩 있지. 그 꼬리를 잡으면, 그걸 계기로 그놈을 무너뜨릴 수 있을지도 모르지만……."

"한번 조사해 볼 필요가 있겠네. 잘하면 재상을 쫓아내고, 소니아 여왕님에게 실권을 돌려드릴 수 있을지도 몰라."

안나가 그렇게 말했다.

"그러면 한번 기각됐던 휴게소 설치안도 다시 통과시킬 수 있을 거야."

그 후로 한동안 메릴은 여관에 머물렀다.

아침이 되면 나는 메릴을 깨워 아침밥을 먹이고, 마법 학교에 데려다주고 또 데려오기도 했다. 그리고 밤이 되면 메릴은 기회는 이때다 하고 어리광을 부렸다.

"아빠, 우리 같이 목욕하자♪"

"아니, 넌 벌써 열다섯 살이잖아."

"하지만 내가 목욕하는 도중에 습격당할 수도 있잖아?"

"…………."

혹시나 그런 일이 벌어지면 안 되니까. 시키는 대로 하기로 했다.

"아빠, 같이 자자."

"난 아직 일이 남아 있어."

"내가 자는 도중에 습격당할 수도 있잖아?"

"…………."

습격자를 완전히 이용하고 있구나.

"우후후. 습격당한 덕분에 아빠한테 마음껏 어리광을 부릴 수 있게 됐어. 범인을 만나면 고맙다고 인사해야겠다~."

설마 자신이 죽이려고 했던 상대가 자신에게 고마워하고 있으리란 것은 범인도 전혀 상상하지 못했을 것이다.

메릴은 나와 24시간 내내 같이 있을 수 있는 현재 상황을 만끽하고 있었다.

뭐, 그래도 우울해하는 것보다는 훨씬 낫지만.

적이 움직이기 시작한 것은 일주일쯤 지난 후였다.

내가 마법 학교에 가서 메릴을 데리고 여관으로 돌아오는 도중. 인적 없는 조용한 골목길에 접어들었을 때 불쑥 사람이 나타났다.

한두 명이 아니었다. 전후좌우의 좁은 골목길에서 연달아 튀어나왔다.

그림자처럼 조용히 쑥 하고 나타난 그들은 칠흑같이 어두운 로브로 몸을 감싸서 정체를 감추고 있었다.

――완벽하게 기척을 숨기는 이 기술…… 프로구나.

그런데 이 인원수는…… 한 명이 아니라 여러 명이라니, 조직적으로 메릴을 암살하려고 하는 건가?

"저번에는 신세를 졌어."

나는 자객들에게 고했다.

"그런데 메릴이 너희에게 할 말이 있는 것 같아."

"……원망하는 말인가? 하마터면 방과 함께 폭발해서 날아갈 뻔했으니까. 당연히 우리를 미워하고 있겠지."

"있잖아, 다들 고마워~♪"

그러자 자객들은 서로 얼굴을 마주 봤다.

"……고맙다고? 왜?"

"너희들이 나를 습격한 덕분에, 아빠랑 24시간 내내 같이 있을 수 있게 되었거든. 하루하루가 행복해."

활짝 웃으면서 신나게 양손으로 브이 자를 만드는 메릴.

"……우리를 얕보고 있구나."

바보 취급을 당했다고 생각한 것이리라. 그 목소리에는 노기가 섞여 있었다.

"지금 너희들은 독 안에 든 쥐다. 도와 달라고 소리쳐봤자 아무도 못 들어. 너희들은 이 어두운 골목길에서 아무도 모르게 죽어 나자빠질 운명이라고."

"아무래도 뭔가 착각하는 것 같군."

"……착각?"

"너희는 완벽하게 우리를 포위했다고 생각할 테지만. 실은 습격하기 쉬운 장소로 우리가 너희를 끌어들인 거야. 이제 슬슬 수동적인 자세를 취하기도 지겨워졌거든. 너희가 그 미끼를 덥석 물어준 거지."

"즉" 하고 나는 말을 이었다.

"너희들이야말로 독 안에 든 쥐라는 거다."

"웃기지 마!"

다음 순간. 자객들의 모습은 연기처럼 사라졌다.
어둠 속에 숨은 건가?
——아니다. 이것은 마법이다.
"이것이 모습을 감추는 상급 마법——섀도우 베일이다. 단지 눈으로 볼 수 없을 뿐만 아니라, 충분한 마력이 없으면 만지는 것조차 불가능해.
보통 사람은 물론이고 평범한 마법사로선 저항할 방법이 없지. 너는 자신에게 무슨 일이 일어났는지도 모르는 채 저세상으로 갈 거다."
"메릴, 물러나 있어."
"네~♪"
나는 메릴을 뒤로 보내 보호하면서 눈을 감고 집중했다.
그리고 허공을 향해 손을 쑥 내밀었다.
거기 있는 자객의 머리를 콱 붙잡고, 그대로 기세 좋게 바닥에 패대기쳤다.
"커헉……?!"
사라졌던 그 모습이 어둠 속에서 나타났다.
눈이 허옇게 뒤집힌 자객이 돌바닥에 쓰러져 있었다.
"이럴 수가……!"
"섀도우 베일을 깨뜨리다니……?!"
낭패한 자객들의 목소리가 허공에서 들려왔다.
"아빠한테 그런 하찮은 마법이 통할 리 없잖아?"

메릴은 어처구니없다는 듯이 웃었다.
“아빠는 최고로 강하고 센 마법사니까.”
“메릴은 너희들에게 고마워하는 모양이지만 나는 달라. 소중한 딸이 위험에 처했으니까. 화가 나서 속이 뒤집힐 지경이야.”
나는 허공 속에 숨어 있는 자객들을 똑바로 바라봤다. 그리고 당장 쏘아 죽일 듯한 압력을 가하면서 고했다.
“——미안하지만 적당히 봐줄 수는 없다.”
“——?!”
자객들은 겁먹었으면서도 후퇴하지 않고 우리를 공격했다. 그러나 압도된 시점에서 이미 승패는 정해졌다. 나는 덮쳐오는 그 놈들을 모조리 격퇴했다.
골목길에는 투명화가 풀린 자객들이 쓰러져 있었다. 나는 그들에게 물어봤다.
“너희들은 대체 뭐냐? 누구의 지시를 받아 움직이고 있는 거지?”
“……말할 수 없다.”
“쓸데없이 고통받고 싶지 않다면 빨리 실토하는 게 좋을 거야.”
“……고문이라도 할 거냐? 하지만 그건 소용없어. 우리는 훈련을 받았으니까. 설령 죽임을 당하더라도 입을 열지는 않아.”
“대단한 충성심이군.”
나는 감탄했다.
“하지만 고문은 안 할 거야. 내 취향에 안 맞거든. 단, 너희의 정보는 토해줘야겠어.”

"이 사람이 메릴을 습격한 자객이야? 흥, 제법 간이 큰데? 감히 내 사랑스러운 여동생을 건드리려고 하다니."

안나는 눈앞에 있는 자객을 보고 분노를 드러냈다.

그리고 나를 돌아보더니 가늘게 뜬 눈으로 흘겨보면서 질문했다.

"……그건 그렇다 치고. 왜 여기로 데려온 거야?"

"달리 이야기를 할 만한 장소가 없어서."

지금 우리가 있는 곳은 여관의 식당이었다.

밤도 깊어서 숙박객의 모습은 보이지 않았다. 사방이 고요했다.

남자 자객은 의자에 앉은 채 묶여 있었다. 고개는 푹 숙이고 있었다. 입고 있는 로브의 후드 부분이 벗겨져서 지금은 맨얼굴이 드러나 있었다.

사건 이후 우리는 정보를 끄집어내기 위해 자객을 끌고 돌아왔다.

우리를 습격한 놈들을 통솔하던 한 사람――아마도 제일 높은 사람――이라면 뭔가 정보를 가지고 있을 거라고 생각한 것이다.

"……저, 저기요. 차라도, 드실래요……?"

그때 리즈베스 씨가 나무 쟁반에 차를 담아 가져왔다.

일단 손님이라고 신경을 써주는 것 같았다.

예전 같았으면 낯선 사람 앞에는 절대로 나타나지 않았을 텐데. 어느새 눈에 띄게 진보했다.

"……워, 원하신다면, 술도 있는데요."

"마시지 그래?"

취하면 술김에 뭔가를 토해낼지도 모른다.

"……됐어."

남자 자객은 한마디를 탁 내뱉듯이 중얼거렸다. 그야 그렇겠지. 도대체 누가 붙잡힌 상태에서 적이 내주는 술을 마시겠는가.

"……난 술은 못 마셔."

"그게 문제였어?"

나는 무심코 쓴웃음을 지었다. 마실 수 있으면 마시는 거였나?

"난 주스 마시고 싶어~."

"다, 당장 가져오겠습니다."

허둥지둥 주스를 가지러 뛰어가는 리즈베스 씨. 멀어지는 그 뒷모습을 바라보면서 나는 남자 자객에게 물어봤다.

"어때, 여전히 마음이 바뀌진 않아?"

"고문이든 뭐든 마음대로 해. 나는 죽어도 입은 안 열 거니까. 손톱을 뽑든, 사지를 잘라내든 상관없어."

"그렇게 살벌한 짓은 안 해."

딸한테 그런 끔찍한 광경을 보여줄 수는 없었다.

"좀 더 원만한 수단을 쓰도록 하지."

나는 남자 자객의 이마를 잡았다. 손바닥은 빛으로 덮여 있었다.

"그건……!"

"심문 마법이다. 내 질문에 대해 거짓말하거나 침묵으로 응할 수 없게 되는 거야."

나는 그렇게 말한 뒤 다시 한번 질문했다.

"너희들은 정체가 뭐냐? 누구의 지시로 움직이고 있는 거지?"

"……흥. 뭘 하나 했더니 고작 심문 마법이냐? 멍청한 놈. 내가 심문 마법에 대한 대비도 안 했을 것 같아?"

남자 자객은 콧방귀를 뀌었다.

"나는 훈련으로 수없이 많은 심문 마법을 경험하면서 그에 대한 저항력을 얻었다. 만에 하나 돌파당하더라도, 체내에 심어진 폭파 마법진이 발동돼서 정보 누설 없이 자폭하게 되어 있어 나는 궁정 마술사다."

"""…………."""

이곳에 있는 모든 사람이 어리둥절해졌다.

메릴이 중얼거렸다.

"너무 쉽게 자백하는데?"

"이, 이럴 수가?! 나한테 심문 마법이 통한다고?! 아니, 그건 그렇다 쳐도, 어째서 체내에 심어둔 폭파 마법이 발동되지 않는 거냐?!"

"너의 저항력보다 내 마력이 더 강하다는 거지. 단순한 이야기야. 그리고 체내에 있던 폭파 마법진은, 발동된 순간에 없애 버렸다."

"뭣이……?! 그렇게 짧은 순간에 마법 술식을 바꿔버렸다고?! 현자 수준의 마법사가 아니면 그런 짓은 못 할 텐데?!"

"아저씨, 입이 정말 싸네~♪"
메릴은 도발하는 것처럼 히죽 웃었다.
"그렇게 허세를 부리더니. 꼴사납다~."
"너, 너, 이 꼬맹이가……!"
"그나저나 방금 궁정 마술사라고 했지?"
안나가 이야기의 방향을 바로잡았다.
"왕성에서 일하고 있는 궁정 마술사들이 왜 메릴을 노리는 거야? 마도기를 개발해서 보급하면 사람들의 생활이 더 윤택해질 텐데."
"자, 대답해 봐."
"……한 번은 말실수를 했지만, 두 번이나 그러진 않아. 나는 죽어도 입을 열지 않――서민들에게 마법의 은혜를 베풀지 않기 위해서다."
"뭐라고?"
"마법은 선택받은 자들만 독점해서 사용해야 하는 것이다. 고귀한 마법을 어리석은 대중에게 부여하는 것은 월권행위다."
이 얼마나 놀라운 선민의식인가.
"궁정 마술사는 왕성에서 일하는 몸이잖아. 그러면 왕족이나 귀족이 배후에 숨어서 조종하고 있을 테지. 너희에게 지시를 내린 사람은 누구냐."
"그것만은 죽어도 말할 수 없――재상님이다."
"재상님? 고르곤?"

나는 깜짝 놀랐다.

"메릴을 습격하라고 지시한 사람이 고르곤 재상이라고?"

"아니——그렇다."

이게 무슨 일이람.

수상한 덤불을 쑤셨더니 엄청난 것이 튀어나왔다.

"고르곤은 궁정 마술사 출신이니까. 마법의 힘은 마법사인 자기들이 독점해야 한다는 거지. 서민이 사용하는 것을 용서할 수 없었던 거야. 그래서 궁정 마술사들을 시켜서 메릴을 덮치게 하여 마도기 개발을 저지하려고 했던 거야. 결과적으로는 반격을 당해 쓰러졌지만."

그러더니 안나는 말을 이었다.

"아니, 그런데 이건 정말 엄청난 정보야. 덤불을 쑤셨더니 뱀이 튀어나오는 게 아니라, 호박이 넝쿨째 굴러 나온 거나 마찬가지야."

안나의 얼굴에서는 미소가 배어 나오고 있었다.

"지금 이 증언을 이용하면 고르곤을 실각시키는 것도 불가능하진 않아. 이야기를 듣자 하니 그 외에도 온갖 악행을 저지른 것 같고."

후후후 하고 사악하게 웃는 안나.

"모처럼 꼬리를 잡았으니까. 이대로 그놈의 숨통을 끊어놓을 때까지 절대로 놓치지 않을 거야."

한번 이렇게 된 안나는 더 이상 멈추지 않는다.

목표물을 완벽하게 해치우기 전에는.

바겐슈타인 왕국의 재상――고르곤 그랜허트는 지난 몇 년 사이에 뭐든지 자기 마음대로 되는 전성기를 누리고 있었다.

선대 소돔 왕이 서거한 후, 그는 혼란을 틈타 권력을 장악하고 실질적인 이 나라의 수장 자리에까지 올랐다.

힘 있는 귀족과 왕족을 자기편으로 만들고, 기사단과 궁정 마술사 등의 군사력도 손에 넣었다. 그래서 지금은 아무도 자신에게 대들지 못한다.

설령 여왕이라 해도.

의회에서는 그동안 어떤 계획이 진행되고 있었어도, 고르곤의 절대적 권위가 있는 말 한마디만 나오면 쉽게 상황이 뒤집어졌다.

자신이 희다고 하면 흰 것이고, 검다고 하면 검은 것이다.

그동안 반대를 하던 녀석들도 허둥지둥 손바닥 뒤집듯이 맹목적으로 자신을 추종한다. 그 모습을 보는 것이 유쾌하기 짝이 없었다.

나에게 불가능한 일은 없다. 이 세상은 나를 위해 존재한다.

진심으로 그렇게 생각했다.

그런데 최근 들어 고르곤의 마음에 안 드는 일이 발생했다.

마도기 개발자를 암살하려다가 실패한 것이다.

궁정 마술사들을 보냈는데도 그놈들이 허망하게 반격을 당해버렸다.

마법은 우리 마법사들의 전유물이다. 지식의 샘물을 서민한테까지 나눠줄 필요는 없다. 풍요로움을 향유하는 것은 오직 선택받은 자들뿐이다.

고르곤은 눈앞에 펼쳐진 광경으로 주의를 돌렸다.

성 안에 있는 넓은 방에서는 의회가 개최되고 있었다.

정면 한가운데의 높은 의자가 놓여 있는 의장석. 그곳을 기점으로 부채꼴로 좌석들이 늘어서 있었다. 그곳에는 왕족과 힘 있는 귀족들이 주르르 앉아 있었다.

의장석 뒤의 높은 곳에는 재상인 고르곤이 앉았고, 바로 그 옆――가장 높은 자리에 설치된 왕좌에는 여왕이 앉아 있었다.

여왕――소니아 바겐슈타인은 무릎 위에 손을 올려놓고 의회가 진행되는 모습을 가만히 지켜보고 있었다.

이 자리에서 여왕은 한낱 장식물일 뿐이다. 발언권 따윈 없는 거나 마찬가지다.

고르곤이 빼앗았기 때문이다.

어떤 악정을 행하더라도 여왕은 자신을 파면하지 못한다. 왕족과 귀족을 자신이 장악하고 있는 한.

――언젠가는 저 왕좌도 내 손에 넣을 것이다. 소니아에게 내 자식을 낳게 해서, 왕의 자리에 앉히는 것이다.

자신이 그렇게 속으로 좀 더 큰 야심을 불태우고 있는데, 옆에 있는 소니아가 움직였다.

"한마디 해도 되겠습니까?"

소니아가 살짝 손을 들고 그렇게 발언하자, 의회의 모든 사람의 시선이 집중됐다. 평소에는 그저 앉아 있기만 하는 여왕의 발언에 모두가 주목했다.

고르곤은 코웃음을 쳤다.

뭐야? 한낱 장식물이지만 가끔은 무슨 말이라도 해보고 싶어진 거냐?

그러나 그 직후, 고르곤의 미소는 얼어붙었다.

"나――여왕 소니아 바겐슈타인은 재상――고르곤 그랜허트를 파면할 것을 제안합니다."

""헉?!""

의회 전체가 술렁거렸다.

"그는 궁정 마술사를 사적으로 이용해서 마법 학교 학생――메릴 클라이드를 비밀리에 암살하려고 했습니다. 그 목적은 마법사가 아닌 사람에게도 마법의 은혜를 베푸는 장치――마도기의 개발을 저지하는 것.

고르곤 재상은 마법사로서, 자기들이 가지고 있는 마법의 힘을 국민들에게 주는 것을 원치 않았습니다."

그러더니 소니아는 말을 이었다.

"마도기는 왕도 주민들의 삶을 윤택하게 만들어주고 한층 더 발전하게 해줍니다. 그것을 저지한다는 것은, 국익을 해하는 행위나 마찬가지.

——이는 국가에 대한 중대한 반역 행위입니다. 따라서 고르곤 재상을 파면하고, 국가 반역죄로 재판에 회부하겠습니다."

"아니, 무슨 말을 하나 했더니…… 말도 안 되는 트집을 잡는군!"

고르곤은 즉시 반론했다.

"그렇게 말할 줄 알고 증인도 준비했습니다."

소니아가 손뼉을 치자 궁정 마술사들이 들어왔다. 쇠고랑을 차고 근위병에게 연행되어 온 그들은 침울한 표정으로 자백했다.

"……우리는 고르곤 재상의 명령으로 메릴 클라이드를 암살하려고 했습니다. 그 임무는 실패했습니다만."

"아니, 난 모르는 일이야!"

고르곤은 거칠게 말했다.

"증언? 그런 것은 얼마든지 거짓말로 할 수 있어! 내가 그런 말을 했다는 증거라도 있어?!"

"있습니다♪"

"뭐?"

『무슨 짓을 해서든 그 메릴이란 계집애를 처치해라! 마법의 힘을 서민들에게 줄 수는 없어!』

소니아가 손에 들고 있는 장치에서 흘러나온 것은 고르곤의 목소리였다.

"이, 이게 뭐야?"

"마도기 중에는 음성을 녹음할 수 있는 마도기도 있다고 합니다. 증언을 얻기 위해 개발자님한테서 빌려 왔습니다."

"이, 이건 날조야!"

"으음. 난처하네요" 하고 소니아는 뺨에 손을 대면서 말했다.

좋아, 먹혔어. 고르곤은 그렇게 생각했다.

명확한 증거가 있는 것은 아니다.

마도기에 녹음 기능이 있다고 해도, 아직은 실용화되지 못했다.

그러니까 증거로서 신빙성은 부족하다.

이대로 마구 밀어붙이면 얼렁뚱땅 넘어갈 수 있을 것이다.

"그러면 그 외의 악행들도 열거할까요?"

"뭐?"

"국민한테서 징수한 세금을 사적으로 이용한 건을 이야기할까요, 아니면 공공사업의 계약을 특정한 업자와 부정하게 맺은 건을 이야기할까요? 아, 정적의 가족을 인질로 잡고 협박해서 그 정적을 실각시켰던 사건도 좋겠네요. 그 외에도 당신이 뒤에서 몰래 부정한 인신매매를 했던 일도 있고——."

고르곤이 저질렀던 비리가 줄줄이 열거되었다.

그것도 그냥 열거되는 것이 아니었다.

전부 다 변명의 여지가 없을 정도로 명확한 증거까지 갖춰져 있었다.

"어, 어떻게, 이런 것을……?!"

"어느 착하고 친절한 분께서 정보를 제공해주셨습니다. 매우 우수한 분이셔서, 변명조차 못 할 정도로 완벽하게 증거도 모아주셨어요."

소니아는 생긋 미소를 지었다.

"이만한 증거가 있으면 당신도 인정하시겠죠?"

"…………."

경악하는 고르곤. 그를 내려다보면서 소니아가 엄숙하게 고했다.

"고르곤 그랜허트. 오늘부로 당신을 재상직에서 해임합니다. ――여러분도 이의는 없으실 테죠?"

왕족과 귀족 중에서 이의를 제기하는 자는 나타나지 않았다.

고르곤은 자기가 지배하던 왕족과 귀족을 힐끔 봤다. 그러나 그들은 하나같이 어색한 표정으로 시선을 피하고 있었다.

그것도 당연했다. 여기서 이의를 제기했다가는 고르곤과의 관계를 소니아에게 들킬 테니까. 그러면 파멸할 것은 불 보듯 뻔했다.

"여러분의 애국심에 대해서는 감사의 뜻을 표합니다. 물론 여기서 이의를 제기하는 사람이 있다면 그분들도 조사받게 될 테지만요."

소니아는 우후후 하고 미소를 지었다.

"분명히 말씀드릴게요. 정보는 다 가지고 있습니다. 누가 어떤 악행에 가담했는지, 저는 다 알고 있답니다."

그리고 의석에 앉아 있는 왕족과 귀족을 향해 말했다.

생글생글 웃으면서.

“나라를 해치는 병원균은 한 마리도 남김없이 박멸할 겁니다.
——지금부터 미리 각오하세요, 알았죠?”

제4화

고르곤 재상이 파면된 후 시간이 좀 흘렀다.

휴게소를 만들겠다는 안나의 계획은 무사히 승인되었고, 메릴의 마도기 개발에 맞춰 즉시 휴게소가 설치되기 시작했다.

모험가 길드의 개별 팀 시스템도 폐지됐다. 더 이상 모험가들에게 터무니없는 임무를 수행시키지 않게 됐으므로 희생자의 수는 크게 줄었다.

메릴의 마도기는 왕도에 보급됐다.

주민들의 생활은 윤택해졌고, 메릴의 이름은 단번에 유명해졌다. 왕도 사람들은 어느새 메릴을 현자라고 부르고 있었다.

기사단의 대항전도 진행됐다.

기사단장 루키페스를 해치우고 선발 멤버가 된 엘자는 타국의 기사를 상대로도 압도적인 활약을 펼쳤다고 한다.

그 덕분인지 기사단은 몇 년 만에 대항전에서 승리.

자국 기사단은 물론이고 타국에서도 존경받는 존재가 되었다. 다음 기사단장은 엘자일 거라는 분위기가 점점 형성되고 있었다.

그리고 나는 어떤가 하면——.

지금까지와 별로 다를 것도 없이 여관에서 일하고 있었다.

여관은 연일 빈방이 없을 정도로 성황을 이루고 있었다.

음식도 맛있고, 수수하지만 귀여운 여주인이 최선을 다해 손님을 맞아주는 것도 좋다. 은근히 그런 소문이 난 것 같았다.

바쁘게 일하는 한편 나는 현대로 돌아갈 수단도 병행해서 찾고 있었다. 그러나 현재로선 좋은 방법은 찾지 못했다.

과거로 날아올 때의 기억도 아직 되찾지 못했다.

그러던 어느 날, 일이 끝났을 때. 안나가 어떤 정보를 가져왔다.

"고성(古城)에 사는 마녀?"

"응."

안나는 고개를 끄덕였다.

"왕도 북쪽에 있는 깎아지른 듯한 절벽 위에 세워진 고성——거기에 마녀라고 불리는 마법사가 살고 있는 것 같아."

그리고 가장 핵심적인 정보를 제공했다.

"그 여자는 시공을 초월하는 마법을 쓸 수 있대."

"그게 사실이라면 원래 있던 시대로 돌아갈 수 있겠는데?"

고성의 마녀에게 시공 마법을 써 달라고 부탁하면 현대로 돌아갈 수 있을 것이다.

"그런데 문제도 몇 개 있어."

"무슨 문제?"

"이것은 마법 학교의 교장 선생님한테 들은 이야기인데, 시공 마법에는 횟수 제한이 있대. 그래서 최대 두 번까지밖에 못 쓴대."

안나는 계속해서 이야기했다.

"현재 시공 마법을 쓸 수 있는 사람은, 특수한 마력 각인을 가지고 있는 일부 마법사의 혈족밖에 없다고 해. 고성의 마녀도 그 중 한 사람이고. 그 사람들은 태어날 때부터 두 눈의 눈동자에 시계 모양의 마력 각인이 새겨져 있어. 그것을 사용함으로써 시공을 초월할 수 있는 거지. 그것은 자신에게도, 또 타인에게도 적용할 수 있어. 하지만 어쨌거나 한번 사용하면 마력 각인은 소비되는 거야."

"아하, 그렇군. 그래서 최대 두 번이구나."

오른쪽 눈과 왼쪽 눈.

그 양쪽의 마력 각인을 소비하면 시공 마법은 더 이상 쓸 수 없는 것이다.

"귀중한 두 번의 사용 횟수 중 한 번을, 나를 위해 써 달라고 해야 하는 건가. 그렇게 생각하면 상당히 어려운 일이겠네."

어디 사는 누구인지도 모를 녀석이 불쑥 나타나서 부탁해봤자, "아, 그렇군요!" 하고 승낙하지는 않을 것이다.

"더구나 그 고성의 마녀는 자신에게 접근하는 자한테 재앙을 내린다고 하는 무서운 존재――아마도 그리 호락호락한 인물은 아닐 거야."

안나는 그렇게 말했다.

"애초에 왕도가 아니라 변경의 고성에서 혼자 살고 있다니까, 그 시점에서 이미 꽤 특이한 괴짜인 게 확실해."

그건 그렇다.

가치관이나 그 외의 많은 점에서 일반인과는 동떨어진 존재일 것이다.

"하지만 다른 선택지도 없잖아? 현대로 돌아가려면 그 여자의 힘을 빌리는 수밖에 없어. 내일 당장이라도 그 고성에 가볼게."
"알았어."
일단 방침은 정해졌구나 하고 한숨 돌리고 있는데.
등 뒤에서 쟁반 떨어지는 소리가 났다. 반사적으로 뒤를 돌아보니, 식당과 접수처 사이의 출입구에 리즈베스 씨가 서 있었다.
"……저, 저기, 그게."
창백해진 얼굴이었다.
"바, 방금, 두 분이 대화하는 소리가 들려서. 일부러 들은 것은 아니고요. 저, 그런데 카이젤 씨가, 원래 있던 시대로 돌아가신다고요……?"
방금 그 대화가 들렸나 보다.
실수했구나. 방심했어.
어쩌지? 적당히 얼버무려야 하나?
하지만 언젠가 나는 이 여관을 떠나야만 한다. 빠르거나 늦거나 간에 이 여관을 떠난다는 이야기는 해야 한다.
대충 변명을 늘어놓는 것보다는 그냥 솔직하게 전부 다 털어놓는 게 나을 것이다.
그렇게 판단했다.
"……지금까지 비밀로 해서 미안해요. 나는 이 시대의 사람이 아닙니다. 3년 후의 미래에서 본의 아니게 여기로 날아왔어요."
결국 솔직히 고백하기로 했다.
황당무계하게 들릴 만한 이야기인데도 리즈베스 씨는 진지하게 들어줬다. 그리고 모든 사정을 다 들은 다음에 조심스럽게 물어봤다.

"……내일, 고성의 마녀를 만나러 갈 거예요?"

"네."

"……돌아가 버리는 건가요?"

"네."

"카, 카이젤 씨가 사라져 버리면, 저는 어떻게 해야 할지……. 혼자서 이 여관을 꾸려 나간다는 것은, 저로선 도저히……."

리즈베스 씨는 불안한지 눈동자를 이리저리 굴리고 있었다. 그러다 갑자기 뭔가 떠올린 것처럼 밝은 목소리로 말했다.

"그, 그래요. 계속 여기 있으면 되잖아요? 그러면 언젠가는 3년 후의 미래에도 도달할 테니까……."

"아니, 그러다간 고향에 있는 내가 왕도에 와 버릴 겁니다. 그래서 우리 둘이 딱 마주친다면 무슨 일이 일어날지 몰라요."

"저, 정체를 숨기면 틀림없이 괜찮을 거예요. 가면을 쓰고……. 그리고 이 여관에도 얼마든지 머물러 계셔도 되니까요."

거기까지 말하더니.

"저, 저, 뭐든지 할 테니까. 카이젤 씨가 원하는 거라면 뭐든지 다……. 그, 그러니까, 제발 저를 버리지 마세요."

내 옷소매를 꼭 붙잡고 매달리듯이 그런 말을 하는 리즈베스 씨. 그 모습은 처음 만난 그때처럼 약해 보였다.

"리즈베스 씨는 멋지게 성장했습니다. 접객도 할 수 있게 되었고, 내가 가르쳐준 레시피대로 음식도 만들 수 있게 되었잖아요."
아직 어설픈 부분은 남아 있지만, 그래도 혼자서 접객할 수 있게 되었고, 요리도 제법 능숙해졌다.
손님들한테도 사랑받고 있고, 가게 빚도 무사히 갚았다.
그러니까――.
"이제는 내가 없어도 괜찮을 겁니다."
"하지만……."
"그리고 원래 있던 시대에서 모두가 나를 기다리고 있으니까요."
"……!"
리즈베스 씨는 그 말을 듣고 살짝 숨을 들이켜더니 몸을 작게 움츠렸다. 마치 우리 둘 사이에 깊은 골이 생겨버린 것 같았다.
그 후로 리즈베스 씨는 더 이상 나에게 아무 말도 하지 않았다. 풀 죽어서 고개를 숙인 그 모습을 보니 나도 마음이 아팠다.
하지만――.
이 시대에서 살아가는 리즈베스 씨와, 미래에서 살아가는 나.
우리가 계속 함께 있을 수는 없다.

다음 날, 나는 즉시 고성의 마녀를 찾아가기로 했다.
왕도에서 마차를 타고 북쪽으로 하루 종일 이동했다. 도착한 곳에는 큰 삼림이 펼쳐져 있었다.
저 멀리 끝없이 이어지는 신록의 바다.
마치 그것을 내려다보는 것처럼 깎아지른 절벽 위에 고성이 우뚝 서 있었다.

속세와 동떨어져 고요한 분위기를 지니고 있는 건물. 고성의 마녀는 사람을 싫어해서, 가까이 다가오는 자에게는 무자비하게 철퇴를 내린다고 들었다.

돌로 된 장엄한 고성. 그것을 본 나는 불가사의한 감각에 사로잡혔다.

처음 방문했을 텐데도 그런 느낌이 들지 않았다.

언젠가 와본 적이 있는 듯한 기분이었다.

머릿속 한구석이 지끈거렸다. 닫혀 있던 기억의 문이 열릴 것 같았다.

나는 그것을 확인하기 위해서라도 고성 안에 들어가 보기로 했다.

열려 있는 정문을 통해 들어가자, 안뜰이 펼쳐져 있었다.

낡고 쓸쓸한 성 안의 분위기와는 달리 안뜰에는 알록달록한 꽃들이 흐드러지게 피어 있었다. 그것은 잿빛 세계에 생생한 생명의 숨결을 싹틔우고 있었다.

그 옆에는 밭도 있었다. 그곳에서는 싱싱한 채소들이 자라고 있었다.

저 꽃들도 그렇고, 밭도 그렇고.

정성을 다해 키우고 있다는 것이 아주 잘 느껴졌다.

"…………."

또다시 기시감이 들었다.

나는 예전에 이 광경을 본 적이 있는 것 같았다.

성 안으로 들어가자 넓은 홀이 나타났다. 거기서 각 방으로 이동할 수 있었다.

고성의 마녀를 찾아 샅샅이 뒤지고 다녔다.

성 안을 돌아다닐수록 기시감은 점점 더 강해졌다. 마치 각각의 장소에 흩어져 있던 기억의 입자를 조금씩 회수하는 것 같았다.

그러다가 지하실에 도착했을 때. 머리가 심하게 지끈거렸다.

어두운 지하실은 넓었다. 벽 쪽에는 두꺼운 마법 책이 꽂혀 있는 책장들이 즐비하게 늘어서 있었고, 책상 위에는 연구용 기자재가 놓여 있었다.

그리고 방 한가운데에는 거대한 마법진이 그려져 있었다.

나는 이래 봬도 마법사 나부랭이다. 마법진에 그려진 술식을 보면 그것이 어떤 마법을 낳는 것인지는 금방 알 수 있었다.

그러나 이 마법진은 달랐다. 전혀 본 적이 없는 술식이었다. 미지의 마법을 낳기 위한 마법진이란 것은 알 수 있었다.

이 마법진을 그린 사람은 고성의 마녀일 것이다.

그 여자는 내가 모르는 술식을 이용한 마법진을 이곳에 만들었다. 혹시 이것이 시공 마법의 술식인 걸까.

뭐, 어쨌거나.

나는 마법진이 그려진 지하실을 바라보면서 확신했다.

틀림없다.

나는 예전에 이곳에 온 적이 있다.

그것도 아마 이 과거로 날아오기 직전에.

하지만 도대체 무슨 이유로?

모르겠다. 기억을 떠올리려고 해도 떠오르지 않았다.

고성의 마녀를 만난다면, 어쩌면 기억의 문도 열릴지도 모른다.

나는 지하실을 뒤로하고 곳곳을 다시 살펴보고 다녔다.

성 안은 넓었다. 혼자 살기에는 너무 넓다고 느껴질 정도였다.

대부분은 먼지가 얇게 눈처럼 쌓여 있었지만, 이윽고 나는 그 눈이 깨끗이 치워진 구획에 도달했다.

그곳은 생활의 온기와 흔적이 도처에 남아 있는 장소였다.

나는 복도의 막다른 곳에 있는 방 앞에서 멈춰 섰다. 눈앞에 있는 이 문의 건너편——그 너머에서 분명히 인기척이 느껴졌다.

나는 확실히 알았다.

이 방에 고성의 마녀가 있다.

"허락도 안 받고 찾아와서 죄송합니다. 나는 카이젤이라고 합니다. 당신에게 하고 싶은 이야기가 있어서 여기 오게 되었습니다."

문 너머를 향해 이야기했다.

"사실 나는 3년 후의 미래에서 이 시대에 왔습니다. 당신은 시간을 초월하는 시공 마법을 사용할 수 있다고 들었는데요."

반응은 없었다.

하지만 듣고 있는 기척은 느껴졌다.

나는 계속해서 이야기했다.

"나는 당신과 협상하고 싶어서 이곳을 찾아왔습니다. 당신의 시공 마법을 사용해서 나를 원래 시대로 돌려보내주실 수는 없을까요?"

문 너머에는 침묵이 깔려 있었다.

"물론 말도 안 되는 부탁이란 것은 알고 있습니다. 당신은 시공 마법을 최대 두 번밖에 못 쓴다고 들었습니다. 그 귀중한 한 번을, 처음 보는 사람인 나를 위해 써 달라고 하는 거니까요. 아무리 돈을 많이 드려도 당신은 승낙하지 않을 테죠. 그런 방법이 통할 상대라면, 변경의 고성에 살지는 않을 테니까요."

실제로 상대는 전혀 반응이 없었다.

상식적으로 생각한다면 이게 당연한 대응일 것이다. 하지만 나도 비장의 카드를 가지고 있었다.

"다만" 하고 말을 이었다.

"나는 당신의 시공 마법에 의해 강제로 이 세계에 날아오게 되었다――고 말씀드린다면, 내 이야기를 좀 들어줄 마음이 생기실까요?"

문 너머에서 한순간 숨을 삼키는 기척이 느껴졌다.

성 안을 돌아다니면서 나는 확신했다.

나는 분명히 이 고성에 와본 적이 있었다.

그것도 이 과거로 날려 보내지기 직전에.

그것을 토대로 추론할 수 있는 내용.

그것은 '고성의 마녀가 사용한 시공 마법에 의해서 나는 이 과거로 날아오게 된 걸지도 모른다'는 것이었다.

고성의 마녀는 시공 마법을 최대 두 번까지만 쓸 수 있다고 했다.

두 눈에 새겨진 마력 각인을 소비해야지만 시공 마법을 발동시킬 수 있다. 그러니까 귀중한 한 번의 각인을 사용해 달라고 부탁하기는 어려울 거라고 생각했다.

하지만 애초에 내가 이곳에 날아오게 된 원인이 상대의 시공 마법이었다면? 그러면 상대도 이야기를 들을 마음이 날지도 모른다.

대답은 없었다.

그러나 문 너머에서는 기척이 느껴졌다. 그것은 적의에 가까운 분위기는 아니었다. 이쪽을 경계하는 듯한 분위기였다.

긴 침묵의 시간이 흐른 후.

찰칵 하는 소리가 났다.

잠긴 문이 열린 것이다.

이것은 들어와도 된다는 고성의 마녀의 의사표시였다.

"………….."

나는 천천히 문손잡이에 손을 댔다. 실례합니다, 하고 말을 걸면서 손잡이를 돌려 문을 열려고 했다.

그 순간이었다.

나는 벼락 맞은 듯한 충격을 느꼈다.

그 후 마차를 타고 하루 종일 이동해서 왕도로 돌아왔다.

도착했을 때는 이미 밤도 늦은 시각이었다.

조용해진 새까만 골목길을 따라 걷다 보니, 이윽고 리즈베스 씨의 여관——요정의 은신처의 창문에 불이 켜진 것이 보였다.

나는 불빛에 이끌리는 날벌레처럼 여관으로 돌아갔다. 그러자 리즈베스 씨가 날 맞이했다.

"……무, 무사히, 돌아오셨군요."

"네, 다녀왔습니다."

나는 그렇게 말했다.

"신기하네요. 이런 시각까지 당신이 안 자고 있다니."

평소 같으면 이미 자고 있을 시간대였다.

"카, 카이젤 씨, 당신이 돌아왔을 때 너무 캄캄하면 불안할 것 같아서요. 저 같은 녀석이라도, 없는 것보다는 나을 거라고 생각했는데요."

그래서 내가 돌아올 때까지 기다려준 건가.

"환영해주는 사람이 있다는 것은 기쁜 일이네요."

"……고성의 마녀는 만나셨어요?"

"아뇨. 만나지 못했습니다."

나는 리즈베스 씨에게 그렇게 고했다.

"방 앞까지는 갔는데요. 그 사람은 나를 무척 경계해서 매정하게 쫓아내 버렸답니다."

"……그, 그랬나요."

리즈베스 씨는 묘하게 안심한 듯한 표정을 지었다. 그리고 그 마음을 숨기려는 것처럼 이런 말을 덧붙였다.

"저, 차를 가져올게요."
"감사합니다."
조용해진 밤의 식당.
나는 리즈베스 씨와 테이블을 사이에 두고 마주 앉아서, 그 사람이 가져다준 따뜻한 차를 마시기 시작했다.
"……고성의 마녀의 시공 마법을 사용할 수 없다면, 다시 원점으로 돌아가는 거네요."
거기까지 말하더니.
"앗, 아니에요! 그래서 기쁘다는 것은 아니고요! 아니, 조금은 그런 마음도 있긴 하지만……."
리즈베스 씨는 허둥지둥 변명을 했다.
"괜찮아요. 무슨 뜻인지 압니다."
나는 쓴웃음을 짓다가 "실은" 하고 말을 덧붙였다.
"수확은 있었어요."
"수확……이라고요?"
"네. 나는 강제로 이 과거에 날아오게 된 부분의 기억이 흐릿했거든요. 하지만 고성에 갔을 때 기억해냈습니다. 과거로 날아오기 직전에 내가 그 고성에 갔었다는 것을. 그리고 성 안을 둘러보는 사이에 기억을 되찾았습니다. 어째서 내가 고성을 방문했는지. 또 어째서 과거로 날려 보내지게 되었는지도."
전부 다 기억이 났다.
지금까지의 사건 경위가.

"그날 나는 마물 토벌 임무를 수행하기 위해 단독으로 그 고성 근처까지 갔습니다. 그런데 도중에 심한 폭풍우를 만났어요. 나는 비바람을 피하려고 고성에 들렀습니다. 그리고 그곳에는 고성의 마녀가 있었습니다. 내가 사정을 설명하자 그 여자는 폭풍우가 지나갈 때까지 성에 머무르는 것을 허락했습니다. 그곳에 머무는 동안 그 여자와 이런저런 이야기를 나누면서 지냈습니다. 왕도에 떠도는 고성의 마녀의 소문은 들어본 적이 있었어요. 사람을 싫어해서, 성에 접근하는 자한테는 무자비하게 철퇴를 내린다는 소문이었죠. 하지만 실제로 만나본 그 사람은 아주 다정한 사람이었어요. 남을 배려할 줄 아는 섬세한 사람이었습니다. 그 여자와 함께하는 시간은 즐거웠습니다. 바로 그때였습니다. 마물이 성을 습격한 것은. 토벌 대상이었던 그 마물——스톰 드래곤은 고성에 있던 우리를 노렸습니다. 고성과 우리를 통째로 없애버리려고 공격을 해왔어요. 나는 고성의 마녀에 대한 공격을 막아내다가 상처를 입었습니다. 그래서 궁지에 몰리고 말았는데, 주위는 폭풍우가 심해서 도망칠 곳도 없었어요. 그 시점에서 선택할 방법은 하나밖에 없었습니다. 그 여자는 그곳에서 후퇴하기 위해 시공 마법을 사용했습니다. 과거로 날아감으로써 스톰 드래곤의 습격에서 벗어나려고 한 것이지요. 그 여자——고성의 마녀는 나를 구하기 위해 시공 마법을 사용했습니다. 그리고 나는 3년 전의 이 과거로 날려 보내진 거죠. 그것이 지금까지 있었던 일의 경위입니다."

나는 그렇게 되살아난 기억을 다 이야기했다. 그리고 이어서 말했다.

“리즈베스 씨, 나는 좀 전에 당신에게 이렇게 말했습니다. 고성의 마녀한테 쫓겨나는 바람에 그 여자를 만나지는 못했다고요. 하지만 실은 그게 아니었습니다. 사정을 설명하자 그 여자는 나와 만나겠다는 의사를 표시해줬습니다. 그러나 만나기 직전에——문을 열려고 했을 때, 갑자기 모든 것이 생각났습니다. 그래서 나는 스스로 그 여자와 만나기를 그만둔 겁니다. 그 여자——고성의 마녀는, 사람과 대화하는 것을 극단적으로 무서워하는 사람이었으니까요.”

고성의 마녀는 극도로 사람을 싫어한다——왕도에 떠도는 그 소문은 사실이 아니었다.

그 여자는 사람을 싫어하는 게 아니라 무서워하는 것이었다.

혹시 사람들이 나를 싫어하지 않을까, 나를 박해하지 않을까.

과거에 본인이 직접 그런 이야기를 해줬었다.

“그리고 나는 한 가지 착각을 하고 있었습니다.”

그렇게 말한 뒤, 잠시 뜸을 들였다가 뒷말을 이었다.

“나는 나 혼자만 과거로 날아온 줄 알았습니다. 하지만 그게 아니었어요. 시공 마법을 사용한 당사자도 같이 온 것이었습니다.”

나 혼자만 과거로 전송된 거라고 생각했다.

하지만 그렇지 않았다.

시공 마법을 사용한 당사자도 동시에 여기로 전송된 것이다.

"고성의 마녀의 눈에는 마력 각인이 새겨져 있는 이야기를 안나에게 들었을 때, 나는 리즈베스 씨의 눈을 확인했습니다. 평범하고 깨끗한 눈이었죠. 그때는 리즈베스 씨가 고성의 마녀가 아니라서 눈에 마력 각인이 없는 줄 알았습니다. 하지만 기억을 되찾은 지금은 아닙니다. 고성의 마녀가 아니라서 마력 각인이 없는 것이 아니라, 시공 마법을 사용했기 때문에 없어진 거죠. 즉 지금도 한쪽 눈에는 마력 각인이 있을 겁니다. 그것이 제 추측의 가장 큰 증거가 될 겁니다."

그렇게 이야기를 마치고.

눈앞에 있는 사람을 응시했다.

여관의 주인인 그 여성에게 나는 질문을 던졌다.

"리즈베스 씨, 당신의 오른쪽 눈을 보여주실 수 있을까요?"

"…………."

리즈베스 씨는 잠시 침묵했다. 그러다가 체념한 것처럼 길게 기른 새까만 앞머리를 손으로 쓸었다.

언제나 감추고 있던 아름다운 오른쪽 눈.

그곳에는.

시계처럼 생긴 각인이 새겨져 있었다.

리즈베스 싱클레어는 고성의 마녀로서 뭇사람들의 공포의 대상이 되었다.

현자도 사용하지 못하는 시공 마법을 사용할 줄 아는 이 여성은 극도로 사람을 싫어해서, 접근하는 자를 무자비하게 공격한다고 알려진 것이다.

하지만 실제로는 그렇지 않았다.

리즈베스는 사람을 싫어하는 게 아니었다. 단지 사람을 무서워하는 것이었다.

옛날에 리즈베스는 왕도의 마법 학교에 다녔었다.

낯가림이 심하고 소극적인 리즈베스는 친구가 없었다.

쉬는 시간에는 늘 혼자였다.

점심밥은 자기 자리에서 등을 둥글게 구부리고 고개를 숙인 채 혼자 우물우물 먹었다.

언제나 음울한 분위기를 풍기는 리즈베스. 그래서 동급생들은 마치 건드리면 안 되는 존재처럼 취급했다. 주변 사람들과 관계를 맺기 싫어하나 보다……라고 생각해서 가까이 다가가지 않았다.

실은 주변 사람들과 친해지고 싶었다.

같이 시시한 잡담도 나누고 싶었고, 같이 점심을 먹고 싶었다. 방과 후에는 디저트를 먹으러 가고 싶었다.

하지만 용기가 나지 않았다.

혹시나 자기가 말을 걸었는데 상대가 싫어한다면. 거절당한다면.

두 번 다시 재기하지 못할 것이다.

게다가 나 같은 녀석이 남한테 말을 걸면 폐가 될 거라는 생각이 자꾸 들었다.

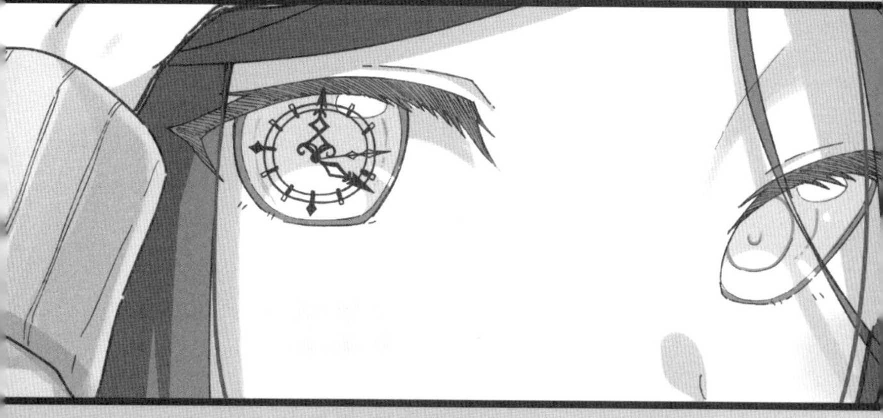

자신과 마찬가지로 마법사였던 부모님은 '시공 마법을 쓸 수 있는 일족'이란 이유로 주변 사람들한테 기피당했다.

마법사들 사이에서는 시간에 간섭하는 것은 금기시되고 있었다. 실제로 사용하지 않는다 해도, 단지 그럴 권리를 가지고 있는 것만으로도 공포의 대상이 되었다.

리즈베스는 박해받던 부모님의 모습을 지금도 선명하게 기억하고 있었다.

부모님 세대의 사람들과는 달리, 마법 학교 학생들은 자신에게 무슨 짓을 하지는 않았다. 그러나 속으로는 무슨 생각을 하고 있을지 몰랐다.

어쩌면 리즈베스를 무서워하고 경멸하고 있을지도 모른다.

자신이 용기를 내어 말을 걸었다가 그 사실을 알게 되는 것이 무서웠다.

시공 마법을 행사해서 마력 각인을 지워버릴까? 하는 생각도 했다. 두 눈의 분량만큼 사용해버리면 적어도 겉모습은 보통 사람과 같아질 테니까.

마력 각인을 지운 다음에 다른 도시로 이사 가서 살면 된다.

하지만 그렇게 할 수 없었다. 자신에게는 그 외에는 아무것도 없으니까.

시공 마법이라는 특별한 힘을 가지고 있다는 것을 제외하면 아무런 장점도 없었다.

시공 마법이 있으면 과거로 날아갈 수 있다. 인생을 다시 시작할 수 있다.

시공 마법은 자기 육체를 과거로 날려 보내는 것은 물론이고, 정신만 따로 당시의 자신에게 날려 보내는 것도 가능하다.

그것은 일종의 부적 같은 것이었다.

게다가 만약에 마력 각인을 지웠는데도 다른 사람들이 자기를 싫어한다면——그때는 정말로 변명의 여지가 없어질 것이다.

자신이 형편없는 사람이란 것이 완벽하게 증명되는 것이다.

어느 날. 절호의 기회가 찾아왔다.

동급생 여자애 한 명이 리즈베스에게 말을 걸어줬다.

우리 반 친구들이 다 함께 놀러 가기로 했는데 같이 가겠느냐고 물어봤다.

그 사람은 우리 반 반장이었다.

천재일우의 기회였다. 이렇게 착한 사람이 있구나! 하고 생각했다. 이 사람의 인생이 늘 행복하기를 진심으로 기도했다.

리즈베스는 그 권유를 받아들이려고 했다.

시뮬레이션은 머릿속에서 몇 번이나 해봤다.

고마워요. 저도 꼭 같이 가고 싶어요. 그렇게 말하면 된다. 그러면 그 집단 속에 녹아들 수 있을 것이다.

자, 말하자. 지금까지 외톨이였던 자신의 인생을 바꾸기 위해서——.

"……고, 고마마마."

입이 굳어서 말이 제대로 안 나왔다. 자신도 깜짝 놀랄 정도였다.

평소에 사람과 대화를 너무 안 한 탓이었다.

반장은 어리둥절한 표정을 짓고 있었다.

그 순간 얼굴이 새빨개졌다.

"……제, 제송해여!!"

리즈베스는 반사적으로 그 자리에서 도망쳤다.

얼굴이 활활 타오르는 것 같았다.

그대로 집에 돌아가서 베개에 얼굴을 묻고 발을 마구 동동거렸다. 으아아아…… 하고 가냘픈 소리를 내면서 계속 울었다.

다음 날부터는 아예 등교를 안 하게 되었다.

부모님은 사이가 안 좋아서 집에서는 늘 끊임없이 싸우기만 했다. 편안해야 할 집이 오히려 심신을 갉아먹는 장소로 변해버렸다. 집에도, 학교에도 자신이 있을 곳은 없었다.

어느 날 리즈베스는 마침내 더는 못 참고 집을 나왔다. 그리고 정처 없이 떠돌다가 우연히 절벽 위에 우뚝 선 고성에 도착했다.

그곳에서 혼자 살기 시작했다.

밭을 일궈 채소를 기르고, 숲의 과일을 따 오고, 나뭇가지에 실을 묶어 만든 낚싯대로 물고기를 잡으면서 살아갔다.

사람과 얽히지 않고 살아가는 것은 편했다.

아무도 찾아오지 않는 고성에서 은둔형 외톨이처럼 생활했다.

밤이 되면 가끔은 그날 그 순간, 입이 굳어서 말을 제대로 못 했던 그 일이 생각나서 베개에 얼굴을 묻고 발을 동동거리곤 했다.

영원히 이렇게 살 수는 없다. 언젠가는 왕도로 돌아가서 사회

생활을 다시 시작해야 한다.

그렇게 생각하다가 10년 가까이 되는 세월이 흘렀다.

리즈베스는 어느새 20대의 끝을 맞이하고 있었다.

이미 완전히 돌이킬 수 없는 상황이 되어버렸다. 그렇게 생각했다.

동급생들은 벌써 옛날에 학교를 졸업하고 각자 취업해서 멀쩡하게 일하고 있을 것이다. 또 그중에는 가정을 꾸린 사람도 있을 것이다.

그런데 자기 혼자만 지금도 시간이 멈춘 상태로 머물러 있었다.

이대로 있으면 안 된다. 그런 생각을 계속했다. 하지만 어디로도 움직이지 못하고 그 자리에서 계속 제자리걸음만 하고 있었다.

과거로 돌아가 내 인생을 바꾼다——그럴 용기조차 내지 못했다.

그런 시기에 그가 고성에 찾아왔다.

그것은 폭풍우가 심하게 치는 날이었다.

고성에 찾아온 그 남자는 카이젤 클라이드라고 자기 이름을 밝혔다.

A랭크 모험가인 그는 이 근방에 출현한 마물——스톰 드래곤을 토벌하려고 왕도에서 여기로 왔다고 한다.

리즈베스는 그를 고성에서 재워주기로 했다.

저런 폭풍우 속으로 내몰 수는 없었기 때문이다.

더구나 이 고성은 넓었다. 방은 얼마든지 남아돌았다.

밤이 되자 카이젤은 다시 정식으로 인사하려고 리즈베스의 방을 찾아왔다. 그리고 몸을 돌려 자기 방으로 돌아가려고 했는데, 그때 리즈베스가 그를 불러 세웠다.

괜찮다면 이야기를 좀 하지 않겠느냐고 물어봤다.

지금까지의 리즈베스라면 상상도 못 할 행동이었다.

늘 혼자 지냈기 때문에 사람이 그리워진 걸지도 모른다. 또 카이젤은 나쁜 사람처럼 보이진 않았다.

카이젤은 쾌히 승낙했다.

그날 밤, 리즈베스는 정말 오랜만에 사람과 대화를 했다.

그 사람――카이젤과 함께 지내는 시간은 즐거웠다.

리즈베스가 아무리 말문이 막히거나 횡설수설 두서없는 이야기를 해도, 그는 싫은 내색을 하지 않고 웃으면서 들어줬다.

그리고 이런저런 이야기를 해줬다. 모험가로서 경험한 모험담이나 일에 관한 이야기, 친구나 가족이나 동료와 함께 지내는 나날의 이야기.

며칠 동안 밤마다 단둘이 이야기를 나눴다.

리즈베스는 이야기를 들으면서 즐거움과 동시에 부끄러움도 느꼈다.

카이젤은 훌륭한 어른이었다.

사랑하는 세 딸이 있고, 직업이 있고, 친구들과 동료들에게 둘러싸여 살고 있었다. 멀쩡히 인간 사회에 뿌리를 박고 살아가고 있었다.

그에 비해 자신은 어떤가?

애인도 없고 친구도 없었다. 직업도 없이 변경의 고성에 홀로 틀어박혀서 그저 헛되이 나이만 먹고 있었다.

카이젤은 본디 자신과는 절대로 어울리지 않는 사람이었다.

그런데도 그에게 반해버렸다.

곁에 있고 싶다는 소망을 품어버렸다.

그래서――.

이대로 쭉 폭풍우가 지나가지 않기를 바랐다.

그러면 카이젤은 계속 여기 있을 것이다. 이 세상에서 단둘이 있을 수 있다. 이런 행복한 시간을 영원히 이어갈 수 있다.

그렇게 생각했을 때. 마물의 습격이 발생했다.

그 마물――스톰 드래곤은 고성에 있는 두 사람을 노리고 쳐들어왔다. 그놈이야말로 연일 몰아치는 폭풍우를 일으킨 장본인이었다.

카이젤은 용맹하고 과감하게 맞서 싸웠다. 처음에는 적을 압도하고 있었다.

그런데 스톰 드래곤은 열세라고 판단하자마자, 목표물을 카이젤이 아니라 리즈베스로 변경했다.

그놈이 발사한 거대한 광탄이 눈앞에 나타난 순간, 리즈베스는 끝이구나 하고 생각했다. 하지만 그 공격은 명중하지 않았다.

카이젤이 반사적으로 리즈베스를 감싸줬기 때문이다.

그러나――.

리즈베스를 감싼 대가로 카이젤은 중상을 입고 말았다.
그리하여 단번에 형세가 역전됐다.
후퇴하고 싶어도 이 고성은 폭풍우의 감옥에 갇혀 있었다.
절체절명의 위기.
그때 리즈베스는 한 가지 수단을 떠올렸다.
시공 마법을 사용하면――시간을 뛰어넘으면, 여기서 탈출할 수 있다.
이 곤경에서 벗어날 방법은 그것밖에 없었다.
리즈베스는 다친 카이젤의 몸을 부축하면서 고성의 지하실로 갔다. 그 방 한가운데에는 마법진이 펼쳐져 있었다.
시공 마법은 마력 각인과 마법진이 둘 다 있어야 발동시킬 수 있다.
리즈베스는 시간을 뛰어넘기 위해 주문 영창을 시작했다.
그러는 사이에도 스톰 드래곤은 쫓아오고 있었다. 그놈이 지하실 문을 박살 내고 포효하자, 방 전체에 폭풍이 휘몰아쳤다.
벽 쪽에 있는 책장이 쓰러지고 책상 위의 기자재가 파괴됐다. 천장이 무너져 내렸다.
리즈베스와 카이젤이 그 쏟아지는 파편에 파묻혀 죽기 직전에――발동된 마법진의 빛이 두 사람의 몸을 감쌌다.

"그리하여 우리는 과거로 날아오게 되었습니다. 그런데 마법진의 술식이 적의 공격에 의해 망가진 것 같아요. 예정대로라면 고성의 지하실에 도착했어야 하는데, 실제로는 따로따로 날아가서……. 게다가 저는 과거로 날아오기 직전의 기억을 잃어버렸습니다. 카이젤 씨도 비슷한 증상을 경험하신 거죠?"

나는 고개를 끄덕였다.

눈을 떴을 때는 마치 숙취에 시달리는 듯한 상태였는데, 그것은 시간 도약의 결과물이었다. 불안정한 상태로 도약해서 기억을 잃어버린 것이다.

"단, 제가 누군가와 함께 과거로 날아왔다는 사실만은 기억하고 있었습니다. 그래서 저는 혼자서 원래 있던 시대로 돌아갈 수는 없었습니다. 시공 마법을 사용할 기회는 딱 한 번밖에 안 남았으니까요. 저 혼자만 원래 시대로 돌아가 버리면, 같이 왔던 사람은 여기 남겨지게 되잖아요. 그래서 한동안 이 시대에 머무르기로 했습니다. 하지만 고성으로는 돌아갈 수 없었어요. 그곳에는 이 시대의 제가 있었으니까요. 어떻게 할지 고민하다가 결국 왕도에서 여관을 개업하기로 했습니다. 다른 누군가가 하는 가게에서 일한다면, 저는 종업원들과 잘 어울리지 못할 거라고 생각했어요. 상상만 해도 무서워서 몸이 얼어붙는 느낌이었죠. 그럼 차라리 내가 가게를 내자. 그렇게 생각했습니다. 실은 원래 여관을 경영하는 것을 동경하기도 했거든요. 숙박객들이 잔뜩 모여서 날마다 시끌벅적하게 지내는 상황——그런 나날을, 고성에 있던 시절부터 몇 번이나 몽상했었습니다. 하지만 실제로 시작해보니 이게 전혀 내 생각대로 잘되지 않아서……. 손님도 안 오시고, 저도 다른 사람과 이야기할 수 없었어요. 그래서 완전히 좌절할 것 같았던——그런 때였습니다. 시장에서 과일을 사서 돌아오는 길에 카이젤 씨가 저를 도와주신 것은. 그때 저는 아직 카이젤 씨를 기억하지 못했어요. 평소 같으면 낯선 사람과 이야기하면 긴장할 텐데, 신기하게도 카이젤 씨와는 자연스럽게 이야기할 수 있었습니다. 그, 그래서, 정신을 차려 보니, 우리 여관에서 살면서 일해 달라고 당신에게 부탁하고 있더라고요. 그때는 설마 같이 과거로 날아온 상대인 줄은 몰랐지만요."

정말 놀라운 우연이구나.

일련의 사건을 전부 다 이야기한 리즈베스 씨에게 나는 질문을 했다.

"리즈베스 씨. 당신은 언제 기억을 되찾았어요?"

"……당신이 여관에서 일하기 시작한 지 얼마 후였어요. 과거로 날아오기 직전에 있었던 일도 전부 다 기억났습니다."

"기억이 났으면 나한테도 가르쳐주지 그랬어요."

"그렇죠. 보통은 그랬어야 하는데."

리즈베스 씨는 고개를 숙이고 중얼거렸다.

"하지만 그걸 가르쳐드리면, 당신이 기억을 되찾으면——원래 있던 시대로 돌아갈 거잖아요. 그러면 우리의 관계는 끝나버릴 테고요. 카이젤 씨에게는 사랑하는 따님들이 있고, 많은 동료와 친구들이 있습니다. 저 같은 녀석과는 다른 세상에서 사는 사람이죠. 그러니까 실은 서로 얽힐 일도 없고, 당신이 저에게 관심을 가질 일도 없습니다. 만약에 우리 관계가 이어지더라도, 저는 카이젤 씨에게는 기껏해야 수많은 지인 중 한 명이 될 뿐이죠. 하지만 이 시대에서는 이야기가 달라집니다. 따님들을 제외한다면, 카이젤 씨 주위에는 오직 저밖에 없어요."

리즈베스 씨는 그렇게 말하더니 자조적인 미소를 지었다.

"……저는 당신에게 특별한 사람이 되고 싶었습니다. 그래서 자신의 기억을 되찾은 후에도, 진실을 계속 숨겼습니다. 진실을 입 밖에 냈다가는 이 시간이 끝나버릴 테니까요. 저는 앞으로도 쭉 당신과 단둘이 있고 싶었어요. 고성에 있던 그때처럼. 그래서 언제 당신이 기억을 되찾을까? 하고 안절부절못하면서 걱정했습니다. 그날이 오는 것을 계속 두려워하면서 기다리고 있었어요. ……하지만 그것도 이제 끝이네요. 저는 제 욕심 때문에 진실을 이야기하지 않고 당신을 계속 속였습니다. 카이젤 씨, 당신의 기분은 생각하지도 않고. ……저는 구제할 길이 없을 정도로 비겁하고 비열한 최악의 인간입니다. 그런 저를 싫어하시게 되는 것도 당연해요."

모든 이야기를 마친 후, 리즈베스 씨는 체념한 것처럼 눈을 내리깔았다. 그저 입술만 살짝 비굴하게 일그러뜨리고 있었다.

그것은 이 사람이 자책할 때의 버릇이었다.

"리즈베스 씨."

그렇게 말을 걸자, 리즈베스 씨는 움찔, 몸을 떨었다. 쭈뼛쭈뼛 눈동자만 위로 굴려 이쪽을 쳐다봤다. 처형의 순간을 기다리는 것처럼 딱딱하게 굳은 채.

아마도 비난을 받을 거라고 생각하는 것이리라.

하지만.

"나는 당신을 싫어하지 않아요."

"……네?"

"당신은 나를 구하려고 시공 마법을 사용했잖아요? 그러니까 고마워하면 했지, 당신을 싫어할 리가 없죠."

"하, 하지만, 따지고 보면 제가 당신의 발목을 잡아서 그렇게 됐던 거고……."

"아뇨, 그건 내가 그렇게 하고 싶다고 생각했으니까 그렇게 한 겁니다. 당신이 자책할 필요는 없어요."

"기, 기억이 돌아왔는데도 입 다물고 있었는데요? 당신을 원래 있던 시대로 돌려보내지 않으려고 했다고요."

"하지만 그 사실을 솔직하게 이야기했잖아요. 내가 물어봤어도, 당신은 아직 기억이 돌아오지 않은 척 시치미를 뗄 수도 있었을 텐데."

"아, 아니에요!"

리즈베스 씨는 언성을 높였다.

"저는 비겁하고 비열한 최악의 인간입니다. 카이젤 씨, 당신과 관계를 맺어도 되는 인간이 아니에요."

"나는 그렇게 생각하지 않습니다."

딱 잘라 말했다.

자기혐오에 빠지려고 하는 리즈베스 씨를 부정하는 것처럼.

"나는 당신과 같이 살면서 즐거웠습니다. 원래 있던 시대로 돌아가더라도 당신과 사이좋게 지내고 싶어요."

"그러니까 나의 소중한 사람을, 그렇게 나쁘게 말하지 마세요."

"…………."

리즈베스 씨는 멍하니 있었다.

"……카이젤 씨. 당신은 나를 싫어하지 않는 거군요?"

"기대에 부응하지 못해서 죄송합니다. 게다가, 이 시대로 보내진 덕분에 나는 우리 딸들과 만날 수 있었어요. 왕도에서 열심히 노력하고 있는 딸들의 모습을 옆에서 지켜볼 수 있었죠."

고향에 있던 시절에는 편지로만 알 수 있었던 딸들의 일상. 나는 어쩌다 과거로 날아온 덕분에 그걸 옆에서 지켜볼 수 있었다.

그것만으로도 여기 온 가치는 있었다.

"……카이젤 씨. 당신은 원래 있던 시대로 돌아갈 건가요?"

"네, 그럴 생각입니다."

우리 딸들과 다른 사람들이 기다리고 있으니까.

"그런데 리즈베스 씨는 이제 시공 마법을 한 번밖에 못 쓰잖아요? 그럼 다른 방법을 찾아봐야겠네요."

고성에 있었을 때 리즈베스 씨가 말했다.

시공 마법은 자신에게는 일종의 부적이라고.

그 마법을 사용하면 과거로 돌아가 인생을 다시 시작할 수 있다. 현재 상황을 바꿀 수 있다. 그렇게 생각하는 것이 마음의 지주가 되어준다는 것이다.

그러니까 그것을 빼앗을 수는 없다.

"저, 저기요, 카이젤 씨, 저는——."

긴 침묵 끝에 리즈베스 씨가 용기를 쥐어 짜내어 무슨 말을 하려고 했다. 그런데 그때, 그 말을 가로막는 것처럼 돌연 여관 문이 벌컥 열렸다.

"아빠! 아직 안 자?!"

안나가 절박한 표정으로 뛰어 들어왔다.

"으햐앗?!"

갑작스러운 방문에 깜짝 놀란 리즈베스 씨는 가냘픈 어깨를 흠칫 움츠리더니, 그대로 우당탕 하고 의자에서 굴러떨어졌다.

"괜찮으세요?"

"아, 네……."

"죄송해요. 너무 급해서 그랬어요."

사과하는 안나. 리즈베스 씨는 바닥에 주저앉은 채 힘없는 미소를 지었다. 그리고 안나의 손을 빌려 비틀비틀 일어났다.

"그런데 왜, 무슨 일이라도 있어?"

내가 그렇게 물어보자 안나는 퍼뜩 생각난 것처럼 말했다.

"큰일 났어! 왕도에 엄청난 마물이——."

안나의 증언을 정리하면 다음과 같았다.

왕도에서 동쪽으로 하루쯤 마차를 타고 간 곳에 있는 계곡.

그곳에 갑자기 거대한 마물이 출현했다는 것이다.

사납고 불길하게 빛나는 붉은 눈.

바위도 깨물어 부술 듯이 튼튼한 입.

온몸을 뒤덮고 있는 강철 같은, 검은 광택을 발하는 딱딱한 비늘.

그 마물이 나타난 곳에는 심한 비바람이 휘몰아치며, 폭풍우를 자유자재로 다룰 수 있다고 하는 재해와도 같은 개체.

스톰 드래곤.

원래 있던 시대에 내가 토벌 임무를 맡아서 해치우러 갔었던 악연이 있는 상대였다.

아마 리즈베스 씨의 시공 마법에 휘말려 그놈도 이 시대로 날아온 것 같았다.

"다른 마물의 토벌 임무를 맡아서 계곡으로 갔던 모험가 파티가 우연히 그놈과 마주친 거야."

"그 사람들은 어떻게 됐어?"

"걱정하지 마. 다치긴 했어도 생명에 지장은 없어. 가까운 곳에 휴게소가 있었거든. 거기로 도망치는 데 성공했어."

안나의 발안에 의해 임무 장소에 설치된 휴게소. 메릴이 개발한 마도기가 주위에 결계를 쳐주기 때문에 이 건물은 마물에게는 잘 인식되지 않는다.

모험가들은 그 덕분에 목숨을 건진 듯했다.

"……그런데 애초에 스톰 드래곤은 계곡에 서식하는 마물이 아니야. 또 그놈이 출현할 때는 반드시 어떤 조짐이 있는 법인데."
"있잖아, 안나. 그게 말이지."
나는 안나에게 사건의 흐름을 설명했다.
"……아하. 아빠가 스톰 드래곤 토벌 임무를 수행하러 갔었구나. 그러다가 한꺼번에 이 과거로 날아온 거고."
"응, 아마도 그런 것 같아."
"아니, 그런데 재해 수준의 마물을 혼자 해치우러 갔단 말이야?"
"다른 동료들은 스케줄이 안 맞아서 그랬어."
실은 레지나, 에트라와 같이 갈 예정이었다.
그런데 같은 시기에 다른 장소에서 강력한 마물이 출현했다. 그래서 두 사람은 그 마물을 토벌하러 가게 되었다.
또 하필이면 이때는 엘자도 기사단 원정에 참여 중이었다.
스톰 드래곤과 대등하게 싸울 만한 사람들은 모두 다 나가버린 상태였으므로, 나 혼자 토벌하러 갈 수밖에 없었다.
"그런데 그놈은 왜 지금까지 침묵하고 있었던 걸까?"
어쩌면 그 녀석도 우리와 마찬가지로 숙취 같은 증상에 시달렸을지도 모른다. 그러다가 회복이 돼서 이제 움직이기 시작한 건가.
"아무튼 이대로 놔두면 큰일 날 거야."
안나는 낯을 찌푸렸다.
"스톰 드래곤이 왕도를 향해 날아오고 있다는 보고를 받았어. 그 녀석의 속도라면 당장 오늘 밤에라도 도착할지도 몰라."
그리고 상정되는 최악의 사태를 이야기했다.

"재해 수준의 마물이 왕도를 습격한다면 대참사가 벌어질 거야. 시민 중에서 다수의 희생자가 나오고, 최악에는 도시 자체가 괴멸될지도 몰라."

"그 전에 맞받아쳐서 해치울 수밖에 없겠네."

왕도 사람들을 휘말리게 할 수는 없다.

내가 책임지고 토벌해야 한다.

그때 멀리서 종소리가 울려 퍼졌다.

위기감을 불러일으키는 음색. 그것은 외적의 습격을 알리는 소리였다.

"아버님!"

문이 열리더니 엘자가 다급하게 뛰어 들어왔다. 갑옷을 입은 엘자는 내 모습을 보자마자 서둘러 말을 쏟아냈다.

"지금 재해 수준의 마물이 왕도로 오고 있다고——."

"응. 나도 들었어."

나는 그렇게 대답하고 말을 이었다.

"지금 당장 그놈과 맞서 싸우기 위해 전선으로 나갈 거다."

"그러면 저도 같이 가게 해주세요."

엘자는 가슴에 손을 얹고 말했다.

"아버님과 함께 싸우겠습니다."

"위험한 싸움이 될 텐데."

"저도 압니다. 상대는 재해 수준——어쩌면 목숨을 잃을지도 모른다는 것도요. 하지만 저는 왕도 주민들을 지키기 위해 기사단에 들어간 거니까요."
"……맞아, 그랬지."
엘자가 스스로 결정한 일이다.
그렇다면 이제 할 말은 없다.
"알았다. 힘을 빌려줘."
"네!"
"나는 서포트를 할게."
"응, 잘 부탁해."
우리가 착착 준비를 해나가고 있는데 리즈베스 씨가 조심스럽게 물어봤다.
"저, 저는 어쩌면 좋을까요……?"
"리즈베스 씨는 주민들의 피난 유도를 해주세요. 패닉 상태에 빠진 주민들을 진정시켜주세요."
"처, 처음 보는 사람들을, 제가요……?!"
"걱정 마세요. 자신을 바꾸기 위해 여관을 개업해서 숙박객들과 대화할 수 있게 된――지금의 리즈베스 씨라면 할 수 있습니다."
나는 그렇게 말했다.
"어때요, 당신에게 맡겨도 될까요?"
리즈베스 씨는 잠시 망설이는 것 같았지만, 이윽고 각오를 다졌는지 조용히 고개를 끄덕였다.
"……해, 해볼게요."
평소의 나약한 분위기는 느껴지지 않았다.

그 눈은 결의로 가득 차 있었다.

틀림없이 이 사람이라면 잘 해낼 것이다.

나와 엘자는 여관 문을 열고 거리로 나왔다.

피난을 가기 위해 돌바닥을 밟고 뛰어가는 주민들. 그 물결을 거슬러 올라가듯이 우리는 왕도의 정문을 향해 달려갔다.

정체를 숨기려고 가면을 쓰면서 나는 엘자에게 물어봤다.

"그러고 보니 기사단 사람들은?"

"석벽 위에 있는 요격 부대를 제외한 나머지는 전부 다 귀족가와 왕성을 방어하는 일을 맡았습니다."

"그러면 도시는 지킬 수 없잖아?"

"루키페스 단장의 입장에서는, 왕족과 귀족 이외의 사람들은 어찌 되든 상관없다는 거겠죠. 도시를 지키는 일은 모험가 길드한테 다 떠넘겨 버렸습니다."

와, 그 정도 뻔뻔함이면 오히려 감탄스러운데?

"엘자, 넌 여기 있어도 괜찮은 거니?"

기사단이라면 귀족가와 왕성을 지키러 가야 했을 텐데.

"왕도 사람들을 지키는 것이 기사단의 일입니다." 엘자는 그렇게 대답했다. "저는 단지 자신의 직무를 충실히 수행할 뿐입니다."

"——그렇구나."

인파를 뚫고 정문 근처까지 왔을 때였다.

"엘자 씨!"

돌아보니 그곳에는 갑옷을 입은 기사들이 있었다.

죽 늘어서 있는 그들은 수십 명은 되는 것 같았다.

"여러분…… 왜 여기 있는 거죠?"

엘자는 곤혹스러운 표정을 짓고 있었다.

기사들이 말했다.

"지금 마물을 요격하러 가는 거죠?"

"우리도 같이 싸울게요."

"아니, 하지만 당신들은 귀족가와 왕성을 방어하는 임무를 맡았잖아요? 마음대로 행동하면 단장님의 명령을 어긴 셈이 됩니다."

엘자는 걱정스럽게 말했다.

"자칫 제적 처분을 당할 수도 있어요."

"상관없습니다. 그렇게 해서 시민들의 목숨을 지킬 수 있다면."

기사 한 명이 전원의 생각을 대변하는 것처럼 말했다.

그 말을 계기로 기사들은 각자 자기 생각을 밝혔다.

"그동안 쭉 부끄러움을 느꼈습니다. 우리가 몸 바쳐야 할 기사도는 정말로 이런 것일까? 하는 의문을 가졌어요."

"나도 실은 당신처럼 왕도 사람들을 차별 없이 모두 다 지켜주고 싶었어. 그런 기사가 되고 싶어서 기사가 된 거야."

"루키페스 단장님한테 맞서는 엘자 씨의 모습을 보고, 그토록 냉대받아도 굴하지 않고 자신의 기사도를 관철하면서 꾸준히 훈련하는 당신의 모습을 보고, 나는 눈이 번쩍 뜨였어."

"여기서 시민을 저버리는 것은, 우리가 동경하는 기사의 모습이 아니야."

"우리도 기사단의 일원으로서 왕도 사람들을 지키기 위해 싸우겠습니다. 엘자 씨, 당신과 마찬가지로."

"여러분……."

기사들은 모두 다 멋진 표정을 짓고 있었다.

눈에는 강한 의지의 빛이 깃들어 있었다.

예전부터 '이대로 있으면 안 된다'라는 생각을 하고 있었던 것이라.

그러나 기사단장인 루키페스한테 지배당하는 기사단 내에서는 목소리를 낼 수도 없었고, 어떤 행동을 할 수도 없었다.

그런데 엘자의 한결같은 태도가 그들의 마음을 움직인 것이다.

"알았어. 그러면 기사단 여러분도 협력해줘."

나는 그들에게 고했다.

"여기 있는 우리들끼리 힘을 합쳐 스톰 드래곤을 쓰러뜨리자."

왕도를 에워싼 벽의 바깥쪽.

그 동쪽에 펼쳐져 있는 평원 앞에 우리는 모여 있었다.

그곳은 스톰 드래곤의 침공 방향.

요격 준비를 마친 후 잠시 기다렸더니 드디어 그 순간이 왔다.

머리 위에 펼쳐진 맑은 별하늘이 눈 깜짝할 사이에 두꺼운 구름으로 뒤덮였다.

천둥소리가 울려 퍼지고, 비바람이 거세게 휘몰아쳤다.

저 머나먼 하늘에서 거대한 까만 용이 폭풍우를 거느리고 다가

오고 있었다.

틀림없었다.

그 모습은 과거로 오기 전에 고성에서 싸웠던 바로 그놈이었다.

"거참, 정말 무섭게 생겼군……."

"저런 녀석을 상대로 어떻게 싸운단 말이야?"

기사들이 불안한 것처럼 나를 쳐다봤다.

"내가 저놈을 베어 죽일 거야."

그렇게 선언한 뒤 "다만" 하고 말을 이었다.

"저놈의 숨통을 끊어놓을 검기를 발동시키려면, 마력을 모을 시간이 필요해. 그동안 나는 무방비한 상태야."

"그러니까" 하고 이어서 말했다.

"그게 발동될 때까지는, 당신들이 저놈의 주의를 끌어줬으면 좋겠어."

스톰 드래곤은 온몸이 두꺼운 비늘 장갑으로 보호되고 있다.

어중간한 공격은 먹히지도 않는다.

그러니까 마력을 담은 일격을 발사해서 단번에 죽일 것이다.

"그런데 당신은 정말 저놈을 쓰러뜨릴 수 있어?"

"걱정 마세요."

기사의 회의적인 한마디에 엘자가 대답했다.

"아버——이 사람은, 제가 아는 사람 중에서 제일 강한 검사입니다. 반드시 적을 쓰러트릴 겁니다. 그것은 제가 보증할게요."

"아, 알겠습니다."

기사들은 엘자의 말을 믿는 것 같았다.

"다들 잘 부탁한다."

나는 엘자와 기사들에게 그렇게 말하고 나서 기술 발동 태세에 들어갔다. 칼집에 손을 대고 마력을 끌어올리기 위해 집중했다.

그 순간, 위기를 감지한 것이리라.

스톰 드래곤이 소리 높여 포효하더니, 나를 해치우려고 두 날개를 펄럭거려 거대한 회오리를 발생시켰다.

그 회오리는 지면을 깎아내면서 나를 집어삼키려고 세차게 덮쳐왔다.

"하아앗!"

그때 날카로운 기합 소리를 내면서 엘자가 검을 휘둘러 회오리를 두 동강 냈다. 힘차게 소용돌이치던 회오리는 일격에 파괴됐다.

"엘자 씨를 따르라!"

"적이 접근하게 놔두지 마!"

기사들은 나를 지키는 벽이 되어 내 앞에 버티고 섰다. 그들은 적에게 공격당해 쓰러지면서도 스톰 드래곤의 공격을 열심히 막아줬다.

그러나 역량의 차이는 누가 봐도 확실했다.

스톰 드래곤은 기사들을 마구 쓰러뜨리면서 벽을 돌파했다. 그리고 그 기세를 살려서 무방비한 나에게 돌격하려고 했다.

아직 힘은 충분히 모이지 않았다.

그러나 반격하지 않으면, 공격당한다.

"……하는 수 없군."

나는 공격 태세로 넘어가려고 했는데——바로 그때였다.

어디선가 발사된 마탄(魔彈)이 스톰 드래곤의 몸을 꿰뚫었다. 그리고 즉시 연달아 수많은 마탄이 유성처럼 쏟아졌다.

스톰 드래곤은 몸을 뒤로 젖히더니 주춤하면서 움직임을 멈췄다.

나는 그쪽을 돌아봤다. 그곳에는 모험가들이 지원군으로서 달려와 있었다.

안나가 소집한 사람들인가 보다.

그중에는 본 적이 있는 사람도 있었다.

전에 무모한 임무를 수행하러 갔다가 위기에 처했을 때 내가 도와준 녀석들이었다. 그들은 일제히 공격을 시도했다.

"적의 주의를 끌어야 해!"

"저 가면 쓴 남자라면 틀림없이 저놈을 해치울 거야!"

"저 남자는 진짜로 강하거든!"

전열에 있는 검사와 도끼 전사, 후열에 있는 사수와 마법사도 다 같이 맹공을 퍼부었다. 적이 나에게 다가오지 못하도록.

하지만 그런데도 적의 실력은 압도적이었다.

스톰 드래곤은 포효하더니 연속으로 광탄을 발사해, 맹공을 퍼붓는 모험가들을 폭풍과 함께 날려 버렸다.

그렇게 진격하려고 하는 스톰 드래곤의 발밑에서 돌연 불기둥이 여러 개 솟구쳤다. 그것들이 마치 감옥처럼 적을 에워쌌다.

"나도 여기 있어."

메릴도 가세하러 달려와 준 것이었다.

"나 참, 이런 한밤중에 쳐들어오다니. 너무 비상식적이야~. 하마터면 아빠의 멋진 활약을 못 볼 뻔했잖아?"

스톰 드래곤을 향해 그렇게 투덜거리더니.

지원군들을 보면서 말했다.

"다들 이 마도기를 사용해. 불 마법을 쓸 수 있으니까. 저놈을 해치우는 것은 불가능해도, 발목을 잡는 정도는 가능할 거야."

"고마워!"

"잘 쓸게!"

기사들과 모험가들, 그리고 마도기. 이 지원군과 무기는 엘자, 안나, 메릴이 가져다준 것이었다.

왕도는 이 아이들 덕분에 좋은 방향으로 나아가고 있었다.

과거에 오게 되어서 다행이다.

아주 잠깐이나마 이 아이들의 모습을 옆에서 지켜볼 수 있었던 것은 행운이었다.

"아빠, 어때? 슬슬 준비는 됐어?"

"――그래, 이제 충분해."

동료들 모두가 저놈의 발목을 잡아준 덕분이다.

나는 해치워야 할 적을 똑바로 바라봤다.

아마 심상치 않은 분위기를 눈치챈 것이리라.

스톰 드래곤은 나의 검기 앞에서 노골적으로 두려워하는 기색을 보이고 있었다.

그러나 그놈은 곧 두려움을 떨쳐내려는 것처럼 크게 포효하더니, 거대한 몸뚱이에서 넘치는 적의를 발산하면서 나를 해치우려고 힘차게 돌진했다.

"――나나 너나 이 시대에 있어도 되는 존재가 아니야."

나는 칼자루에 손을 댔다. 그리고 검을 뽑았다.

"미안하지만 이제 퇴장해라."

일섬(一閃)――단말마의 비명조차 허락하지 않았다. 마력이 담긴 검의 일격은, 그놈의 단단한 거체를 정확히 둘로 갈라놓았다.

스톰 드래곤의 거체가 바닥에 쿵 쓰러졌다. 그 후로 다시는 일어나지 못했다.

밤이 지나가고 왕도는 아침을 맞이했다.

스톰 드래곤을 토벌한 뒤 사후 처리를 마친 나는 리즈베스 씨의 여관으로 돌아가, 방에서 그 사람과 이야기를 나누고 있었다.

"카이젤 씨, 고생하셨어요."

"아니, 리즈베스 씨야말로 고생했어요. 안나한테 이야기는 들었거든요. 주민들을 피난시키기 위해 열심히 노력하셨다면서요."

리즈베스 씨는 그때 주민들의 피난 유도를 해줬다.

혼란에 빠진 주민들을 상대로 목소리를 쥐어 짜내서 그들을 진정시켰다. 그런 이야기를 나중에 안나한테서 들었다.

"……제가 여러분에게 도움이 되어서 다행이에요."

리즈베스 씨는 수줍게 그런 말을 했다.

"……게, 게다가, 카이젤 씨가 저에게 맡기겠다고 하셨잖아요. 어떻게 해서든 그 기대에 보답하고 싶었어요."

뺨을 붉게 물들이면서 귀엽게 이쪽을 쳐다봤다.

"누가 저에게 뭔가를 기대하는 것은 처음이었거든요."

그러더니 갑자기 진지하게 화제를 바꿨다.

"저, 저기요, 카이젤 씨. 아까 안나 씨가 여관에 오기 직전에 이야기했던——원래 있던 시대로 어떻게 돌아가느냐? 하는 문제 말인데요."

"네."

"저의 시공 마법을 사용할게요."

"네?"

나는 반사적으로 되물어봤다.

"리즈베스 씨는 이제는 시공 마법을 한 번밖에 못 쓰잖아요? 그러면 더 이상 시간 이동을 못 하게 될 텐데……."

"네. 그래도 괜찮아요."

리즈베스 씨는 이야기했다.

"저에게는 시공 마법은 일종의 부적이었습니다. 과거로 돌아가면 인생을 다시 시작할 수 있다……. 마법 학교의 같은 반 학생이 저에게 말을 걸어줬던 그날, 대답을 잘했더라면 그 사람들의 그룹에 들어갈 수 있지 않았을까. 그랬으면 은둔형 외톨이가 되지도 않고 멀쩡하게 살 수 있지 않았을까. 그런 생각을 했거든요."

"하지만" 하고 말을 이었다.

"시공 마법을 사용하지 않아도, 과거로 돌아가지 않아도 인생은 바꿀 수 있어요. 지금의 자신을 바꿈으로써 미래를 바꿀 수 있어요. 물론 이 세상 사람들과 같은 보폭으로 걷지는 못할지도 몰라요. 하지만 저는 제 나름대로, 느려도 한 발짝씩 차근차근 앞으로 나아갈 수 있어요. 카이젤 씨와 같이 여관에서 일하면서 저는 그 사실을 깨닫게 되었습니다. 게다가, 그날로 돌아가 인생을 바꾼다면, 제가 고성에서 살게 되지도 않을 테고. 그러면 카이젤 씨하고도 만나지 못했을 테니까요."

그렇게 이야기하는 리즈베스 씨는 평온한 표정을 짓고 있었다.

마치 저주에서 해방된 것처럼 상쾌한 표정이었다.

그걸 본 나는 무의식중에 미소를 지었다.

"어, 어?! 아, 아니, 왜 웃어요?"

리즈베스 씨는 내 모습을 보고 동요했다.

"제가 뭔가 이상한 말이라도 했나요……?"

"아뇨. 처음 만났을 때와 비교하면 몰라볼 정도로 달라졌다는 생각이 들어서요."

나는 그렇게 말했다.

"전보다 훨씬 더 멋진 사람이 되셨네요."

"꺄앗?!"

리즈베스 씨는 갑자기 칭찬받자, 얼굴이 새빨개졌다.

"머, 멋지다니요, 그런 말은 부모님 말고 딴 사람한테는 처음 들어봐요……! 서서서, 설마, 저를 좋아하게 된 건가요……?"

"뭐, 그렇죠."

"네?"

"나는 리즈베스 씨를 좋아해요."

"흐어어어어억?!"

리즈베스 씨는 입을 가리면서 날카로운 비명 같은 소리를 질렀다. 눈동자 안쪽이 뱅글뱅글 소용돌이칠 정도로 당황하고 있었다.

"나한테 당신은 아주 소중한 친구 중 하나입니다."

"아, 네, 그렇죠. 깜짝 놀랐어요."

리즈베스 씨는 순식간에 다시 침착해졌다.

그제야 나는 깨달았다.

아, 그렇구나. 이성으로서 좋아한다고 착각한 건가.

오해할 만한 표현을 썼구나…….

"오히려 이성으로서 좋아한다는 말을 들었으면, 어떻게 해야 할지 몰랐을 거예요. 우리가 맺어지는 상황은 애초부터 상정을 안 해봐서……."

리즈베스 씨는 흐힛 하고 웃었다.

비굴함은 아직 완전히 사라지지 않았나 보다.

원래 있던 시대로 돌아갈 준비는 되었다. 이제는 실행에 옮기기만 하면 된다.

리즈베스 씨는 이에 맞춰 여관을 정리하기로 했다.

진실을 말할 수는 없으므로, 대외적으로는 먼 도시로 이사 간다는 식으로 설명했다.

여관 문을 닫는 날에는 단골손님들이 찾아왔다.

그들은 폐점을 아쉬워하기도 하고, 그동안 애썼다고 위로하기도 했다. 그 말을 들은 리즈베스 씨는 살짝 눈물을 글썽거렸다. 언젠가 다시 이 도시로 돌아오고 싶다고 말했다.

마법 학교의 학생들 사이에는 끼어들지 못했을지도 모른다. 하지만 이 순간, 리즈베스 씨는 사람들의 중심이 되어 있었다.

남들보다 좀 늦었을지는 몰라도. 분명히 앞으로 발을 내디딘 것이다.

나도 원래 있던 시대로 돌아갈 거라고 우리 딸들에게 전했다.

다들 납득은 하면서도 아쉬워하는 눈치였다.

특히 메릴은 끈질기게 매달렸다.

"싫어, 싫어~! 계속 여기 있어, 응?!"

"머잖아 다시 만날 날이 올 거야. 그리고 고향에는 이 시대의 내가 있으니까. 언제든지 만나러 갈 수 있잖아?"

"하지만 아빠는 많을수록 좋다고~!"

"흠, 살면서 거의 들어볼 기회도 없는 신기한 대사구나……."

최종적으로는 엘자와 안나가 잘 타이른 덕분에 메릴도 어쩔 수 없이 포기했다. 그 대신 고향에 있는 아빠한테 더 많이 찰싹 달라붙어서 알콩달콩 놀 거라는 말을 남기면서.

엘자와 안나는 각자 나에게 인사를 했다.
"아버님 덕분에 저는 좌절하지 않고 재기할 수 있었습니다. 아버님께서 해주신 말씀은, 앞으로 계속 저를 지지해주는 보물이 될 거예요."
엘자는 가슴에 손을 얹고 말했다.
"저는 반드시 기사단장이 될 겁니다. 그리고 기사단을, 왕도의 모든 사람을 지키는 조직으로 바꿔놓을 겁니다."
"다음에 만날 때는 나도 길드 마스터가 되어 있을 거야. 그러니까 그때는 '정말 노력을 많이 했구나!' 하고 칭찬해줘."
"그래."
우리는 왕도를 떠나 북쪽으로 향했다.
결국 미래에 우리 딸들이 어떻게 되었는지는 가르쳐주지 않았다.
그걸로 잘된 거다.
결과를 미리 알면 재미없으니까.
목표 지점에 도달할 때까지의 과정이야말로 진정한 보물이다.
여행 끝에 우리는 절벽 위의 고성에 도착했다.
시공 마법은 리즈베스 씨의 마력 각인과 지하실의 마법진이 둘 다 있어야지만 발동된다. 우리는 둘이 함께 지하실로 이어지는 계단을 내려갔다.
방에 도착한 우리는 중앙에 펼쳐져 있는 마법진 위에 섰다.
리즈베스 씨는 앞머리를 쓸어 올려서 그 밑에 숨겨져 있던 오른쪽 눈을 드러냈다. 그 눈동자에 새겨진 마력 각인이 빛나기 시작했다.

이에 호응하듯이 마법진도 푸르스름한 빛을 발했다.

"……저도 과거로 오게 되어서 다행이에요. 제 꿈이었던 여관을 개업하고, 카이젤 씨와 함께 거기서 일할 수 있었으니까요."

리즈베스 씨의 그 말에 나는 대답하듯이 말했다.

"네. 나도 즐거웠어요."

"카, 카이젤 씨!"

"네? 말씀하세요."

리즈베스 씨는 양손 손가락을 살살 맞대고 비비면서 머뭇거렸다. 그러나 이윽고 결심한 것처럼 나에게 물어봤다.

"워, 원래 있던 시대로 돌아가도, 저랑 사이좋게 지내주실래요……?"

"물론이죠."

나는 미소를 지었다.

"그때는 제 동료를 소개하게 해주세요."

"……네!"

리즈베스 씨도 미소를 지었다.

비굴함이 사라진 안도의 표정이었다.

그것이 참 아름답다고 생각했다.

마법진이 발하는 빛은 어느새 그 미소까지 집어삼켰다.

그리고 다음 순간. 눈앞이 새하얗게 변했다.

에필로그

다시 시력을 되찾았을 때 우리는 고성의 지하실에 있었다.

그런데 좀 전과는 전혀 다른 광경이었다. 책장은 쓰러져 있었고, 책은 어지러이 흩어져 있었고, 온갖 잔해가 여기저기 널려 있었다.

스톰 드래곤의 침공의 흔적이 남아 있는 것이었다.

그 광경을 보고 이해했다. 우리가 무사히 원래 있던 시대로 돌아왔다는 것을.

방을 대충 치우고 나서 우리는 헤어졌다.

나는 스톰 드래곤을 토벌했다고 모험가 길드에 보고해야 했고, 또 리즈베스 씨는 마음의 정리를 하고 싶다고 말했기 때문이다.

그 사람의 오른쪽 눈의 마력 각인은 이제 사라졌다.

두 번 다시 시공 마법은 쓸 수 없게 되었다.

하지만 리즈베스 씨는 후련한 표정을 짓고 있었다. 미련이 싹 사라진 것 같았다.

그 후 왕도에 돌아온 나는 경악했다.

스톰 드래곤을 토벌하러 간 후로 아직 1주일밖에 안 지났던 것이다.

과거로 날아가서 적어도 한 달은 넘게 저쪽에서 살았는데. 이쪽에서는 마법진에 삼켜진 직후에 다시 돌아온 것으로 되어 있나 보다.

나는 그놈을 토벌했다고 모험가 길드에 보고했다.
시체 자체는 과거에 남아 있었다.
하지만 스톰 드래곤의 뿔을 가져왔으므로, 그것을 건네줌으로써 토벌 완료 인증을 받을 수 있었다.
우리 딸들과도 다시 만났다.
내가 과거에 간섭했기 때문에 미래가 변했을지도 모른다고 걱정했지만, 셋 다 내가 아는 미래에 무사히 도달해 있었다.
내가 확인한 범위 내에서는, 그 외에도 뒤틀림이 발생하진 않은 것 같았다.
그런데 나중에 가서 깜짝 놀랄 일이 있었다.
내 방의 책상 서랍――그 안에는 편지가 수북하게 들어 있었다.
내가 아직 고향에 있었을 적에 왕도에서 딸들이 근황을 보고하느라 보내준 편지였다. 지금까지 받은 것들은 전부 다 여기에 들고 왔다.
문득 그리움이 느껴져서 그 편지들을 다시 읽기 시작했는데.
정확히 3년 전에 엘자가 보내준 편지의 내용을 본 순간, 나는 소리를 질렀다.
거기에는 이렇게 적혀 있었다.
『기사단에 들어가고 나서는 자신이 어떻게 살아야 할지 고민했습니다만, 어떤 분이 해주신 말씀 덕분에 망설임을 버릴 수 있었습니다.
앞으로도 왕도 사람들을 지키기 위해 검술 훈련에 매진할 생각입니다.

언젠가는 기사단장이 된 모습을 보여드리고 싶습니다. 그리고 그때는 꼭 아버님과 다시 대결을 해보고 싶어요.』

또 안나의 편지도 있었다.

『얼마 전에 재해 수준의 마물이 왕도를 습격했는데. 강력한 조력자 덕분에 어떻게든 격퇴할 수 있었어.

재상이 바뀌어서 모험가 길드의 체제도 바뀌었고. 이제는 내가 길드 마스터 자리를 차지하는 일만 남았네.』

그것은 과거로 날아간 나와 함께 지냈던 시기를 표현한 내용일 것이다.

그런데.

내가 고향에 있을 때도 이런 내용을 읽은 기억이 있었다.

그러니까 말하자면.

내가 과거로 날아가는 것은 그 시점에서 이미 정해져 있었던 것이다.

간섭으로 인한 뒤틀림은 존재하지 않았다.

왜냐하면 처음부터 그럴 예정이었으니까.

그러고 보니 그 시기에 메릴이 고향에 돌아올 때마다 유난히 나한테 찰싹 달라붙으려고 했던 것이 기억났다.

맞아, 아빠 두 사람 몫만큼 찰싹 달라붙을 거라는 말을 했었지.

그때는 무슨 의미인지 이해할 수 없었는데, 이제야 이해가 갔다.

나의 추론이 진실인지 아닌지는 모르겠다. 실제로는 전혀 엉뚱

한 헛소리를 하는 걸지도 모른다.
하지만 뭐가 어찌 됐든, 한 가지 확실한 사실은.
내가 드디어 원래 있던 세계로 돌아왔다는 것이다.

그날 나는 레지나랑 에트라와 함께 토벌 임무를 수행하러 갔다.
실은 나와 레지나가 단둘이 갈 예정이었는데, 마법사가 한 명 더 있는 게 좋을 거라고 해서 에트라에게도 같이 가자고 했다.
도박 말고는 관심이 없는 에트라는 매정하게 거절했다. 그러나 저녁을 사준다고 했더니 "그럼 좋아" 하고 따라와 줬다.
무사히 토벌 임무를 끝내고 왕도로 돌아왔을 때는 이미 날이 저물고 있었다.
기사단 일을 마친 엘자, 모험가 길드에서 퇴근한 안나, 그리고 마법 학교에서 돌아온 메릴과 합류했다.
오늘은 딸들과 함께 저녁을 먹으러 갈 예정이었다.
우리는 토벌 임무에 관한 이야기도 하고, 딸들의 일이나 학교에 관한 이야기도 듣고, 시시한 잡담을 나누기도 하면서 골목길을 걸어갔다.
그때 안나가 이야기해줬다.
오늘 왕도의 주민들 사이에서 은근히 화제가 되고 있는 일이 있다고.
그게 무엇이냐 하면, 이 도시에 새로운 여관이 생긴다는 것이었다.

그 여관은 과거에 음식이 맛있고 주인이 성심성의껏 손님 접대를 해줘서 인기가 있었는데, 주인이 멀리 이사 가는 바람에 문을 닫아버렸다.

그런데 이번에 그 주인이 다시 돌아왔다는 것이다.

묘하게 낯익은 거리를 걷고 있는데 저쪽에서 벽돌로 된 건물이 보였다.

오늘이 개점일이라서 그런가.

밖에는 여관 주인처럼 보이는 여성이 있었다.

앞치마를 두른 그 여성은 까마귀 깃털처럼 까맣고 긴 머리카락의 소유자였다. 정수리에선 머리카락이 한 가닥만 뿅 하고 튀어나와 있었다.

그 사람은 메뉴가 적힌 간판을 설치하고 서둘러 가게 앞을 빗자루로 쓸고 있었다. 숙박객들을 맞이할 준비 중인 듯했다.

"오늘부터 영업을 개시한다면서요?"

내가 그렇게 말을 걸자 그 여자가 돌아봤다. 그리고 놀란 표정을 짓더니 곧바로 후훗 하고 미소를 띠었다.

"……아무래도 여관을 경영했을 때의 즐거운 기분을 잊을 수가 없어서. 왕도에 사는 분들이 모여주시는 장소가 되면 좋겠다 싶어서요."

"여관. 이름이 멋지네요."

"네. 저도 무척 마음에 들어요."

앞치마를 두른 주인은 위를 쳐다봤다.

가게 간판에는 '요정의 은신처'라고 적혀 있었다.

레지나와 에트라는 "누구야?" 하고 물어봤다.

"내 소중한 친구야."

나는 그렇게 말한 뒤 상대를 다시 돌아봤다.

"그때 그 약속을 지키러 왔어요. 내 동료들을 당신에게 소개하고 싶어서요."

그러자 그 여자는 네! 하고 울먹이는 목소리로 대답했다.

"요정의 은신처에 오신 것을 환영합니다――카이젤 씨."

새까만 긴 머리카락을 지닌 여관 주인――리즈베스 씨는 그렇게 말하더니, 더 이상 비굴하지 않은 부드러운 미소를 지었다.

마력 각인이 사라진 두 개의 맑은 눈동자.

그것은 과거가 아니라 오직 현재만을 바라보고 있었다.

후기

오랜만에 뵙습니다. 토모바시입니다. 저번보다는 좀 더 빨리 신간을 보여드리게 되었네요!

만화책도 같은 날 발매되니까요. 부디 그것도 읽어주시면 좋겠습니다. 슈니치 선생님의 엄청난 그림 실력이 폭발하고 있으니까요.

이 6권의 여주인공인 리즈베스 같은 비굴한 여자를 묘사하는 것은 처음이었는데요. 비굴한 여자애는 귀엽네요. 마구 칭찬해서 얼굴을 붉히게 해주고 싶어요……! 운이 없어 보이는 여자애가 행복하게 지내는 모습을, 그저 멀리서 흐뭇하게 웃으면서 지켜보고 싶은 심정입니다…….

이번에는 후기 페이지 수가 적어서 관계자 여러분에 대한 인사는 아쉽지만 생략하겠습니다.

이 책을 읽어주신 독자 여러분께 가장 큰 감사를 드립니다! 조금이라도 즐겁게 보셨다면 그보다 더 기쁜 일은 없을 거예요.

그러면 이만 줄이겠습니다!

S랭크 모험가인 내 딸들은 심각한 파더콤이었습니다 6

2024년 6월 15일 1판 1쇄 발행

저 자 토모바시 카메츠
일러스트 노조미 츠바메
옮긴이 한수진
발행인 유재옥
부사장 이왕호
이 사 조병권
출판본부장 박광운
편집 1팀 최서영
편집 2팀 정영길 박치우 정지원 조찬희
편집 3팀 오준영 권진영 이소의
디자인랩팀 김보라 박민솔
디지털사업팀 박상섭 김지연 윤희진
라이츠사업팀 김정미 맹미영 이윤서
영업마케팅팀 최원석 박수진 이다은
물류팀 허석용 백철기
경영지원팀 최정연
인쇄제작처 ㈜코리아피엔피
발행처 ㈜소미미디어
등 록 제2015-000008호
주 소 서울시 마포구 토정로222, 502호 (신수동, 한국출판콘텐츠센터)
판매 및 마케팅 (070) 8822-2301

ISBN 979-11-384-8328-5 04830
ISBN 979-11-6611-499-1 (세트)